快餐文学坊报 第二辑·散文

刀 爱

乔 叶◎著

新疆美术摄影出版社
新疆电子音像出版社

图书在版编目（CIP）数据

　　刀爱 / 乔叶著. — 乌鲁木齐：新疆美术摄影出版社：
新疆电子音像出版社，2013.12　（2015 年 3 月重印）
　　（快餐文学坊）
　　ISBN 978-7-5469-4384-8

　　Ⅰ. ①刀… Ⅱ. ①乔… Ⅲ. ①散文集 – 中国 – 当代
Ⅳ. ①I267

　　中国版本图书馆 CIP 数据核字（2013）第 228412 号

选题策划　于文胜
总 主 编　温　倩
本册主编　葛一敏

刀 爱　　乔叶 著

责任编辑　王永民
制　　作　乌鲁木齐标杆集印务有限公司
出版发行　新疆美术摄影出版社
　　　　　新疆电子音像出版社
地　　址　乌鲁木齐市经济技术开发区科技园路 5 号
邮　　编　830026
印　　刷　三河市燕春印务有限公司
开　　本　787 mm×1 092 mm　　1/16
印　　张　11
字　　数　110 千字
版　　次　2015 年 3 月第 2 版
印　　次　2015 年 3 月第 1 次印刷
书　　号　ISBN 978-7-5469-4384-8
定　　价　29.80 元

目 录 ‖ Contents

第二辑　刀爱

第三辑　在天花板上亲吻

刀 爱 ◎

第四辑　我曾在月光下奔跑

第五辑 种在墙头的玫瑰

第六辑 生命的真相

刀 爱 ◎

第一辑 关于世界的实验

插花的艺术

一次,我去一位朋友家里玩,一进客厅,就看到电视机旁摆着一束漂亮的鲜花。这束鲜花不但开得好,而且插得也十分有味道。

"是我插的。"朋友说,"我最近刚刚研究了一点儿插花的学问。"

"最大的收获是什么?"

"最大的收获是,我发现插花的艺术和做人的道理有天然的相通之处。"

"给我讲讲好吗?"

"当然可以。"她颇有些得意地笑道,"就拿这一束花来说吧。基本规律也只有五条:一是上轻下重,这指的是花的色彩。色彩深的居下,色彩浅的居上。这样的插花作品具有稳定感。做人也是如此,一定要弄清楚哪些是浮华的东西,哪些是根底的东西,这样就不会轻易地失落自己。"

我点点头。

"二是上聚下散,这指的是大小花的位置分配。花朵小的,花瓣比较单薄的要插在外部和上部,花朵大的,花瓣比较丰厚的应当放在中部和下部。这样的插花作品具有均衡感。做人也是同样,一定要明白自己在生活中的位置,这样,才能够找到最适合自己的归属。"

"第三呢？"

"三是高低错落。这指的是花枝的安排。花枝一定要有长有短，有高有低，这样的插花作品才会显得生动活泼，具有流动感。做人也要知道自己该如何发挥长处和如何收敛短处，这样才能够尽自己最大的努力去做到最好。"

我微笑着看着她。她的话真的很令我意外。

"四是要有疏有密。这指的是花朵和花枝之间的距离要有大有小，大则疏，小则密，这样的插花作品才会虚实相宜，具有层次感。做人也应当这样有原则有分寸，才会做得圆润自然。"她笑道："最后就是要仰俯呼应，这指的是整个花的动势要集中，要形散而神不散，这样的插花作品才会彼此关联，具有整体感。表现在做人方面，就是说自我的统一性。不过，这也只是一个基本框架，具体的情况还要因花而宜，因人而定。"

听完她的一番话，我不由细细地开始端详起这束花来。她说得多好啊。做人不真的也是这样吗？看着似乎很平常，其实每一个人都和每一束花一样，有轻有重，有散有聚，有高有低，有疏有密，有呼有应。每一幅作品都需要我们去用心经营，才能做到最真和最美。

你查字典了吗？

我曾辗转听说过这样一个故事：

一个男孩深恋一个女孩子多年，但他一直不敢向女孩直言求爱。女孩对他也颇有情意，却也是始终难开玉口，两人试探着，退缩着，亲近着，疏远着；不要嘲笑他们的怯懦，也许初恋的人都是如此害怕拒绝和畏惧失败吧。

一天晚上，男孩精心制作了一张卡片，在上面抒写了多年来藏在心里的话,但他思前想后,就是不敢把卡片亲手交给女孩。他握着它,愁闷至极,到饭店里喝了点酒,竟然微微壮起了胆子,去找女孩。

女孩一开门,便闻见扑鼻的酒气。看男孩虽然不像喝醉了的样子,但是微醺着脸,心中便有一丝微微的不快。

"怎么这时候才来?有事么?"

"来看看你。"

"我有什么好看的!"女孩没好气地把他领进屋。

男孩的卡片在口袋里揣摸了许久,硬硬的卡片竟然有些温热和湿润了,可他还是不敢拿出来。面对女孩粉面含嗔的脸,他的心充溢着春水般的柔波,那柔波在明媚的阳光下,一漾一漾的,一颤一颤的。

他们漫长地沉默着。也许是因为情绪的缘故,女孩的话极少。

桌上的钟指向了夜十一时。

"我累了。"女孩娇懒地伸伸腰,慢条斯理地整理着案上的书本,不经意的神态中流露出辞客的意思。

男孩突然灵机一动,他百无聊赖地翻着一本大字典,又百无聊赖地把字典合上,放到了一边。过了一会儿,他在纸上写下了一个"罂"字问女孩:"哎,你说这个字念什么?"

"yīng"。女孩奇怪地看着他,"怎么了?"

"是读yáo吧。"他说。

"是yīng。"

"我记得就是yáo。我自打认识这个字起就这么读它。"

"你一定错了。"女孩冷淡地说。他真是醉了。她想。

男孩有点儿无所适从。过了片刻,他涨红着脸说"我想一定是念yáo。不信,我们可以查查字典。"

他的话语竟然有些结巴了。

"没必要,明天再说吧。你现在可以回去休息了。"女孩站起来。

男孩坐着没动。他怔怔地看着女孩。

"查查字典吧。"他轻声地说，口气中含着一丝恳求的味道。

女孩心中一动。但转念一想：他真是醉得不浅呢。于是，她柔声哄劝道："是念 yáo，不用查字典，你是对的。回去休息好么？"

"不，我不对，我不对！"男孩着急得几乎要掉下泪来，"我求你，查查字典，好吗？"

看着他胡闹的样子，女孩想：他真是醉得不可收拾。她绷起了小脸："你再不走我就生气了，今后再也不会理你！"

"好，我走，我走。"男孩急忙地站起来，向门外缓缓走去，"我走后，你查查字典好么？"

"好的。"女孩答应道。她简直想笑出声来。

男孩走出门。女孩关灯睡了。

然而女孩还没有睡着，就听见有人在敲她的窗户。轻轻地，有节奏地叩击着。"谁？"女孩坐起身。

"你查字典了吗？"窗外是男孩的声音。

"神经病！"女孩喃喃骂道。而后她沉默着。

"你查字典了吗？"男孩又问。

"你走吧，你怎么这么顽固和啰唆！"

"你查字典了吗？"男孩依旧不停地问。

"我查了！"女孩高声说，"你当然错了，你从始到终都是错的！"

"你没骗我吗？"

"没有。鬼才骗你呢。"

男孩很久很久没有说话。

"保重。"这是女孩听见男孩说的最后一句话。

当男孩的脚步声渐渐消失之后，女孩仍旧偎被坐着。她睡不着。"你查字典了吗？"他忽然想起男孩这句话，便打开灯，翻开字典。

在"嫋"字的那一页，睡卧着那张可爱的卡片。上面是再熟悉不过的字体："我愿意用整个生命去爱你，你允许吗？"

她全明白了。

"第二天我就去找他。"她想。

那一夜,她辗转未眠。

第二天,她一早出门,但是她没有见到男孩。男孩躺在太平间里。他死了。他以为她拒绝了他,离开女孩后又喝了很多酒,结果真的喝醉了,车祸而死。

女孩无泪。她打开字典,找到"罂"。注释是:"罂粟,果实球形。未成熟的果实中有白浆。是制鸦片的原料。"

罂粟是一种极美的花,且是一种极好的良药。但用之不当时,竟然也可以是致命的毒品。人生中一些极美极珍贵的东西,如果不好好留心和把握,便常常失之交臂,甚至一生难得再遇再求。有时这些逝去的美好会变成一把锋利的刀子,一刀一刀地在你心上剜出血来。

命运的无常和叵测,有谁能够明了和预知呢?

"你查字典了吗?"

如果有人这样询问你,你一定要查查字典。或许你会发现:你一直以为自己读对的某个字,其实是错误的,或者还有另一种读法。

红帽子,绿帽子

因为和一位学姐买了同一家游泳馆的卡,最近便约着一起游泳。游着游着便聊了许多往事。原来两年前,她居然和丈夫差点儿离婚。——她暗恋上了另一个男人,记了本"暗恋笔记",被丈夫发现了,说她给他戴了"精神绿帽"。

"不仅绿帽,还精神绿帽!"朋友笑。

这词是够稀罕的。我也笑。

这是个批发帽子的时代。高帽用来恭维,低帽用来遮掩,大帽用来

逞威，皮帽用来斗富，布帽用来示儒，纸帽用来敷衍，什么样的货都有人要。因为人也本是什么样的人都有，各取所需。帽子亦有各种各样的颜色：黑、白、金、银，色彩最暧昧的，该是绿。

元明两代娼家的规矩，是让家里的男人戴绿头巾，逐渐在普遍意义上演变成出了象征不忠的绿帽。每天早晨，随便打开一份报纸，都有婚外情的内容：妻子串娘家早回来一天；丈夫出差提前完成任务；手机里的暧昧短信；衬衣上的不名气息……都能成为海啸前的潮水。电视剧里俗滥的套子，却一点儿不曾低于生活。出墙盛开的红杏显示着无论男女，总有人在戴绿帽或疑似绿帽。于是，原本充满生机的正经颜色，染到帽子上，就成了不能启齿的邪道，野劲，让戴的人汗流浃背。当然，这是闷，这是窒息，不是暖和。

每一个戴绿帽的人，感受都不同，我大致分析了一下，类型也就几种。一，以毒攻毒型。绿帽戴上了，没办法。但你既然让我戴了，我也得让你戴。这是最下等。二，揪帽就走型。惹不起，摘得起。当然，如果心里还有那人，没了帽子，露出歇顶，那肯定凉快得也可以。但无论如何保住了尊严，谓之中等。三，若无其事型。假装不知道头上有帽，随其自然。相信有一天，风会把帽子吹下来。做到这种程度的，必须得有相当的功力进行自我忍耐、自我折磨和自我疏导，谓之中上等。

最上等的是什么？

"我告诉他，如果我的暗恋真的是一抹绿，那他既可以看作一顶帽子，也可以看作一片树叶。若是帽子，我走人。若是树叶，那这片树叶影响不了我情感的主干。因为，日子久了，叶子会落，主干不会。"当我问学姐怎样解除了"精神绿帽"的危机时，学姐如是说。

"后来呢？"

"后来，树叶落了，我们更好了。再后来，他说，如果我还想暗恋谁的话，可以先给他打个招呼，他可以向那人学习学习。"

真是一对聪明人。他们就该是最上等的那种。正常男女，谁的世界是衷情到底,一枝独秀?我不信。总要有些许诱惑,总要有斜眼旁溜,这都应属"正常损耗"。只要主干没枯,就别把岔出去的那抹绿做成帽子,亲手把婚姻打压死。然后——还要做帽。做一顶大红帽,盖住那抹绿,让它缺氧、凋零。红帽的布料当然该是:理智、信任、宽容、谅解——真诚辽阔的胸怀。缝制的技巧则只有一样:细密的,扎实的,爱。

只要有了这顶大红帽,任凭以后的路上遇到多少大灰狼,咱也不怕。

真正的珍惜

一个男孩子疯狂地爱上了我的一位女友,女友却总是无动于衷。可是因为女友还没有男朋友,所以那个男孩子认为自己还有机会,便天天都去找她,陪她一起上下班,请她吃饭,给她送花。甚至连我们这些枝枝杈杈的朋友他都想到了,三天五日地给我们买一些小礼物,让我们替他美言。

吃人家的嘴软。我们只好抓住机会就帮他说两句话——而且,凭良心说,那个男孩子各方面条件都很不错,人品也极好,实在是个好男孩。

"世上的好人多着呢,难道要我一个个地嫁去不成?"女友的话总是十分噎人。

"可是现在对你这么好的也就这一个嘛。"

"他对我再好也是无用,我对他实在是没有感觉。"

"那也可以试一试啊。反正你现在又没有对象。如果和他能培养出感情,那自然是皆大欢喜,如果培养不出感情,再拒绝他也不迟啊。"我们花言巧语,使尽了招数。

"我可不会拿我的终身大事去做这种冒险的实验。"女友说。

"你这么不懂得珍惜,看你将来不后悔!"有人笑道。

"什么是珍惜?"女友问道,"是不是接受就一定是珍惜?拒绝就一定是不珍惜?"

我们都沉默了。是啊,什么是珍惜?难道接受就一定是珍惜,拒绝就一定是不珍惜吗?可有时候的接受看起来是珍惜,可是这种暂时的珍惜正如昙花一现,虽然有片刻的欢欣和甜蜜,然而花败后却是无尽的凄凉和悲哀。而有时候的拒绝看起来是不珍惜,其实却恰恰只是一种表象的伤害,痛过之后,骨子里蕴含的那种珍惜便如清泉般渊源流长了。

懂得接受,害怕错过,这固然是一种珍惜。

不但知道自己应该接受什么,而且还知道自己应该拒绝什么,这才是真正可贵的珍惜。

上帝最爱的人

那年圣诞节前夕,我恰好在北京,便和一位朋友一起到全国最大的基督教堂去度平安夜。

平安夜的同乐晚会是晚上七点钟开始的。我和朋友到达那里的时候,才刚刚六点钟,可是人已经很多了,不但主堂和副堂都已经满员,就连地下室的座位都没有空下一个。也许是怕影响同乐晚会的演出效果,主堂、副堂和地下室的门口都有三四个教友在负责维持秩序,他们很慎重,从不轻易放一个人进去。到了后来,当人越来越多,整个院子都已接近摩肩接踵的程度时,他们就让人们在各个门口排成长龙,只有当里面有一个人出来时,才有可能让外面的人进去一个。

长龙缓缓地移动着,我和朋友也排在其中。院子里安装着两架有线电视机,屏幕上映出的虽然只是一些很单调的画面,然而配上的乐曲却是很悠扬的赞美诗。听着这些乐曲,我忽然觉得就连漫长的等待也变得别有一番情调了。

但是将近七点钟的时候,这番情调却被破坏得一丝不剩——长龙不安分地骚动了起来。不断有人挤上前去,向那些维持秩序的教友申诉自己的心愿。有人说自己是带病赶来的,也有人说自己是从千里之外专程而来的,还有人则反反复复地强调自己是多么需要在这个平安夜向上帝祈福。不过无论他们说什么,那些守在门口的教友都只是微笑着倾听着,偶尔解释一下原因,说些请求大家谅解的话。但是他们在行为上却决不通融——他们柔韧地坚守着他们的原则。

六点五十分的时候,一些人终于按捺不住地冲到了台阶上,要求放他们进去——如果再进不去,他们就看不到唱诗班献歌和牧师布道的盛大现场了。

"只要让我们进去,站着也行!"

"上帝面前人人平等,为什么他们能在里面我们就不能?"

"你们这么阻挡我们去接近上帝,上帝是不会饶恕你们的!"

守门教友们的表情一直都是很温和的。但是,听到那些人的最后一句叫嚷,他们的脸色全都变得肃穆起来。

"如果上帝没有饶恕我们,那么我们早就不能站在这里了。"一位教友安然地说,"每年的平安夜我都守在这里,从不曾踏进过教堂里面一步——我已经在这里守了整整十五年了。"

人们顿时安静下来,没有人再说一句话。同乐晚会开始了,电视屏幕上出现了光彩夺目的圣诞树,金碧辉煌的主教堂和纯美圣洁的唱诗班。

音乐如水般缓缓铺展,我的心中忽然溢满了感动。我并不是一个基督教徒,但是那一刻我忽然想:如果这个世界上真的有上帝,如果上帝也像天下的俗人一样有那么一点点偏爱,那么他老人家最喜爱的一定是守在门口的那些教友们。因为他们虽然没有踏进教堂一步,但是

教堂已经充满了他们的心胸。他们虽然没有站在十字架下，但是他们却一定比在场的任何人都更接近于上帝。

内心的行为往往比外在的举止更具有深情的力度。难道不是吗？

一张倒贴的报纸

舅舅家的长子，我该称之为表哥的，已经四十多岁了，叫光明，但他带给家里的却是一阵接一阵的黑暗。听母亲说起来，这孩子其实开始挺好的，不知道什么时候起就变成了这个样子。——往往如此，人们对乖孩子总能细致地追溯光辉历史，"从小就特别懂事"，"从不乱花钱"，"可知道心疼大人了"，等等。而且仿佛人人都有记忆的领地和造就的功劳。但对长歪了的，大家就都莫名其妙，仿佛人人都困惑而委屈。"真是怪啊。""造了孽了。"大抵这样把原由归还给不知所以的命运，仿佛他的坏是个朝转夕变的奇迹。于是，在语焉不详的讲述中，光明表哥就只剩下了累累劣闻：到处坑蒙拐骗，专拣亲朋好友。对这人说自己能批钢材，对那人说自己能倒石油，对此人说有关系买便宜砖，对彼人说自己有路子去接工程。因为他常常是一脸诚恳老实之相，所以认真地吹嘘似乎更容易让人上当。把弄来的钱花完之后，他就逃之夭夭，留下妻子父母一群不能跑的和尚在庙里替他顶缸，家里值钱的东西也因此被讨债者搜刮得四壁皆空。

我的儿子已经五岁了，常常被人问起对他未来有什么期许，我说："平常人即可。"人们大多不信，说我谦虚。也是，现在的父母只有一个孩子，谁不是心比天高？谁不是指望孩子将来成龙成凤？但一想到这个表哥，我就觉得自己这个愿望是再真实不过了，而且这个真实的愿望其实也不是人们想象得那么好做。我清晰得记得，一次小病，我在打点滴时无聊至极，就读墙上的报纸，报纸是倒贴的，我就那么看着，一字字地辨认,艰难辛苦。点滴结束,我第一件要做的事情就是到街上买了一张报纸,正着看了一遍又一遍。报纸上印的是什么东西已经完全不记得了,唯一留在印象里的就是正着读一张报纸的欢乐和舒畅。

许多朴素的存在,拥有时我们不觉得珍贵。只有当另一相反的事物出现,才会知道原来的状态多么多么好。我由衷地希望自己能够尽量避免这种低级的然而又是大量复制的错误。

来自特殊世界的思索

一 永远的尿片

大哥大嫂都是某监狱的管教干部。有一段时间,我带着孩子到他家小住。一次,我不经意地把一块尿片放到了茶几上,大嫂看到了,立即拿起来说:"怎么把这种东西放到茶几上?"

"这尿片可是我用汰渍洗衣粉洗了又洗的,干净得很。"我开玩笑道。

"可尿片终归是尿片。"大嫂一向是个严肃的人,便很认真地说。

我没有再和她分辩什么。握着这块平常的尿片,却忽然想起了素日里哥嫂对犯人出狱后新生之路的状况所发的感慨。他们曾说:犯人在法律意义上虽然不会是永远的犯人,人们也口口声声地说不会再歧视他们,但是在许多人眼里,他们还是变成了异类,成了终生的犯人。正是这种顽固的意识最易让有犯罪史的人们自暴自弃,从而重蹈覆辙。

亦如这块尿片。

其实,尿片在成为尿片之前也许会有许多种美好的历史或者是可能:口罩、毛巾、床单、窗帘、手帕……她们会被人们由衷的欣赏和珍

爱,会被香皂和香水频频的亲吻。然而,多种偶然和必然的因素让她们沦为了被人另眼相看的尿片。而在它们沦为尿片之后,似乎就再也脱离不了尿片或类似尿片的行列:抹桌布、擦车布、拖把布……

同样,犯人在没有走进监狱之前,也会有许多美好的历史或可能:教师、大学生、技术员、歌手、舞蹈家……一时的极端让他们堕入了自掘的深渊。但是,当他们赎完了罪,想要费尽全力的爬出深渊和常人一样行走于平地时,却往往会被那些冷言与白眼踢得人仰马翻。

一朝见阎王,终生是小鬼。如果说成为犯人大多是缘于他们自己的错误,那么,当他们洗净污垢重现世间之后,却依然被刻上了"尿片"的标记,这又是属于谁的责任呢?

二 白色护照

那天,我和大嫂出去散步,正走到监狱大门口时,看见一个年轻人背着背包从监狱里走出来,一边走,一边下意识的看着手中那张白色的纸片。

"他肯定是刚刚被刑满释放。"大嫂低声说,"手里拿的就是刑满释放证,犯人们都叫它'护照'。"

"护照?"我不禁哑然失笑,"这种护照又不能出国。"

"对他们来说,这张护照比出国还要重要。"大嫂说。

我再也笑不出来了。

是的,这张小小的纸片在此刻,一定比什么都重要。苦海无边,回头是岸。这张护照,是他们一个日子一个日子一根纤维一根纤维用心编织出来的,是他们彻底摆脱魔鬼的缠绕走向新生活的通行证明,是他们心灵和洗澡之后获得的卫生合格证。

我又看了看那个年轻人。他走得很慢,依然很小心的把纸片捧在手心里认真的端详着,仿佛在回视着自己的生命。

而那张小小的纸片，虽然洁白如雪，却也宛若重过白金。

三　情法辨证

大哥对我讲过这样一件事情：儿子犯了罪，母亲知道后，亲自把儿子送到公安机关自首，结果儿子被判了刑。母亲去探监的时候，母子俩一句话都没有说，只是相拥大哭。

"谁解得透他们心中的滋味呢？"大哥叹道，"法审轻，情审重。可是法判重，情判轻啊。"

我不由得一震。思忖良久，方才觉得大哥的话真是意蕴深深。

难道不是吗？

所谓轻重，都是相对而言的。当初，母亲完全可以不送儿子去自首。可是她送了。她让亲情审判道义的力量超越了法律的简单追击。但是当儿子被判刑之后，她在良知和公理上所建立起来的平衡便成了秋风中脆弱的落叶。血肉融合的深爱让他们的灵魂在冰凉的铁栏杆后战栗和剧痛。这时候，他们的泪水是哪一行条文能够感知的呢？

因为情审重在前，所以法审就显得轻。

因为情判轻也在前，所以法判就显得重。

其实，无论是法审轻还是情判轻，都只是看似微轻。而无论是情审重还是法判重，则都是因为不得不重。

为普希金挨打

"我曾经爱过你：爱情，也许，
　　在我的心灵里还没有完全消亡；
　　但愿它不会再去打扰你；

我也不想再使你难过悲伤。

……

我曾经那样真诚、那样温柔的爱过你，

但愿上帝保佑你，另一个人也会像我爱你一样。"

我一直刻骨铭心地记着普希金的这首诗《我曾经爱过你》，不仅仅是因为它的优雅和凄美。更重要的原因是，我曾经为它挨过打。

那一年，我十三岁，刚上初中。学校里整天搞运动，人心惶惶，也学不了多少东西，我就常常抓住一切机会找些课外书看。而能找到的那些闲书，也多是些又红又专的"革命作品"。一次，一位同学给我找了一本《金光大道》，我一打开，映入眼帘的便是封二上不知是何方人士抄录的这首诗。抄录者还特意在诗题下用醒目的字体注明：作者，普希金。

我默默的读了两遍，刚刚步入青春期的蒙眬情感便被诗中那种热烈、忧郁和细腻的倾诉深深触动了。普希金是谁？他怎么写得这么好？这首诗是他写给谁的？……我的心里充满了好奇，却也没有乱问，只是把这些问号埋在了心底。意识里无比清楚地知道：非但这些问题不能问，连这首诗也不可以对人轻易讲。因为在这个最最"革命"的年月里，"爱情"面前最密切的形容词便是小布尔乔亚情调和资产阶级毒草。

把书还给同学的时候，这首诗也被我背得熟熟的。但是我还是怕忘掉，就想把它抄下来。抄哪儿呢？想来想去，干脆用小蚂蚁字儿把它抄到书包盖的里面。这样，既能够天天看到，又不容易被人发现。

我为自己的"杰出设计"暗暗得意了好几天。

然而，不幸的时刻还是来临了。那天晚上，我正蒙蒙眬眬地睡着，突然被一双有力的大手揪出了被窝。睁眼一看，是父亲。——原来，姐姐想为我洗洗书包，发现了这首诗。读后她觉得事关重大，不敢徇私舞弊，便报告了父亲。

"小小年纪就懂得了这个！"父亲铁青着脸，"说！普希金是谁？！什么时候给你写的诗?!"

"我也不知道普希金是谁,这首诗也不是写给我的……"我实话实说。

"让你犟嘴!"父亲的巴掌响亮地落在脑瓜壳上。不重。但是被全家人盯着,多丢人哪。我理所当然的顺势大哭起来,一边哭一边争辩:"我真的不知道,这首诗是我抄的……"

父亲沉默良久,"那干吗非得抄? 还嫌咱家的事儿少? 还嫌咱家不惹眼?"

我不敢答话,只是一味地哭。

"别哭了,睡吧。"不知过了多长时间,父亲终于说。之后,他长长地叹了一口气。我抹了抹泪水,偷偷看了他一眼,发现他的眼角居然也挂着一滴亮晶晶的泪珠。

普希金是谁,两年之后我就有了大致的了解。但是那滴泪珠的含义,十几年之后的今天我才稍有领悟。里面似乎含着父亲对女儿早早品尝玫瑰滋味而引起的不安;似乎浸着这位"运动"经验十分丰富的"老右派"在非常时代对这种非常诗歌的异样敏感和极端恐惧;似乎还有越过四十的中年人"心灵里还没有完全消亡"之时翻滚起来的辛酸、痛楚、苦闷和迷茫……

现在,每当想起这件事,我就会遗憾自己当时还是太小,只知道傻哭。如果我有今天的成熟,我就会微笑着把普希金的另一首诗送给他:

"假如生活欺骗了你,

不要悲伤,不要心急!

忧郁的日子里须要镇静:

相信吧,快乐的日子将会来临……"

关于世界的实验

成年的儿子即将步入社会之前,父亲把儿子带到了花园里,让他爬上了一个梯子。

"你跳下来,我会接着你。"父亲说。

儿子毫不犹豫地跳了下来,却狠狠地摔到了地上。——父亲并没有接他。

儿子默默盯着父亲,眼神又痛楚又怀疑。

父亲却什么也没说,只是逼着儿子又爬上了梯子,再次要求他往下跳。儿子踌躇了许久,说什么也不肯。最后,在父亲的恫吓声中,一咬牙,一闭眼,跳了下来。

父亲还是没有接他。

当这个年轻人第三次爬上梯子往下跳时,他几乎有些仇恨父亲了。没想到,父亲竟然使出了全部的力气稳稳地接住了他。

"我要让你明白,"父亲说,"在这个世界上,你对谁都不能绝对信任,不论是你的父亲,还是一个陌生人。但是,你也不能完全抛弃对人们的信任,同样,不论是你的父亲,还是一个陌生人。"

年轻人久久无语,似有所悟。

父亲的用心可谓良苦。

其实,这个瞬息万变的世界就是这样。有时候它虽然有些常规,但是却也不乏例外;有时候它虽然没有定序,但是却也不会泯灭天理。我们不可以接受一切,接受一切会让我们毁灭;我们也不可以怀疑一切,怀疑一切会让我们虚无。我们要在爱时爱,恨时恨,强时强,弱时弱,信时信,疑时疑。至于什么是爱恨强弱信疑的分寸,则全在于个人智慧的认知和聪敏的把握。

孤本与通本

冬季刚过,省里的世纪散文专题研讨会便召开了。一位素日里便以无拘无束、放荡不羁的女士在发言时大声疾呼:"千万不要理会别人怎么看你,怎么说你。你一定要无所顾忌地去做你自己想做的任何事!人绝对不能太委屈自己。因为,你是这个世界上空前绝后的一个孤本!"

一言既出,举座皆叹,仿佛都为个人性情的极致发挥找到了最充分的理由和依据。然而,我始终无言。无言并非认同,我只是对她的话有一种复杂的疑惑和不安的遐想。

固然,每个人都是人世间的一个孤本,永远永远不会有生命再和你雷同。父与子不同,母与女不同,姊与妹不同,弟与兄不同,夫与妻不同,就连同年同月同日生的双胞胎也不尽相同……从肉体的外貌特征上来讲,每个人都是不能重复的唯一;从情感历程和心路轨迹上看,每个人饮下的都是不留配方的新酒;从每个人在岁月中或重或轻或长或短的影响和历史而言,每个人登记都是独此一家的主页。甚至可以说,从你出现在人世间起,你就拥有了成为孤本的事实。

但是,是孤本又怎样?这种孤本的属性是你与生俱来的属性,是万能的造物主赋予每一种生灵都有的属性,自然也就是每一个与你擦肩而过的人都有的属性。你,到底有什么可骄傲的呢?——从这个意义上讲,你不过是芸芸众生中一个最平凡最庸常的通本啊。

通本,往往是数量上泛滥而质量上低下的。从某种角度来看,一被诞生出来,我们每个人的生命就都以泛滥的姿态投入到了这低下的洪流中。有人沉醉灯红酒绿,有人迷恋锦衣玉食,有人羡慕香车宝马,有人酷爱笙歌艳舞……"浩浩阴阳移,年命如朝露。"如此短暂的生命,谁都想活得精彩,谁都想过得惬意,谁都想在精彩惬意的同时,在洪流中

留下一些属于自己的东西：或者成为一尾鲜亮可爱的小鱼，或者成为一束绚丽晶莹的珊瑚，或者成为一叶乘风破浪的小舟，或者成为一艘宏伟坚固的大船。那么，你要努力做的，就不是及时行乐，为所欲为。——那样你连做一般通本的机会都没有，倒有可能做负值的通本。也不是放纵自我，无视他人。——因为每个人的自由都来自于他人相对的自律感，无论在社会生活中，还是在文学领域里。你能够做的，只有在自己做事的时候，尽心尽力。在自己做人的时候，尽善尽美。然后，紧紧抓住客观赐予我们的做孤本的机会，把通本中所有的杂质和污秽淘净，把灵魂的真金留下，给孤本以不能衡量的、不可销毁的、无法代替的孤本价值！

这，也许才是纯粹的孤本。

另外，我还认识到一点：孤本的审定不在于形式。容貌，装扮，行动，举止，理论……这些都不能衡量孤本的深度、广度和高度。也许，真正的孤本应当像达·芬奇的《蒙娜丽莎》一样，于沉静的微笑里，留下自己永恒的色泽。

爱情不倒翁

她和他是大学同学。在最易生出爱情的年龄、心情和环境中相遇，两个人很自然地相爱着。他沉稳、善良、大度、体贴，她娇俏、活泼、聪明、伶俐。也许是因为符合了互补的原则，他们的爱一直都是很快乐的，几乎没有什么瑕疵。相比之下，他似乎宠她更多，也爱她更多一点。

那年生日的时候，他送了她的生日礼物是一个不倒翁：可爱的公主穿着蓬蓬纱的裙子，刚好遮住圆圆的底座。她笑他老土："现在谁还玩这种东西。"

"这象征着我对你的爱情。"他说，"只要我不倒下，我的爱情就不会倒下。"

她笑了。因了他的注释,这个不倒翁的意义真的就有些不同了。无事的时候,她就让不倒翁摇来摇去:向左、向右、向前、向后,或者把她的头摁到桌面上,再松开手,看她蓦地骤弹起来,疯狂震荡。有一个人像不倒翁一样爱着自己,真的挺好的。他的爱便像不倒翁的圆底座,执著地支撑着公主脸上的甜美笑容。

不倒翁是不会倒的,她知道。然而早知道这个结果似乎也让她有些莫名其妙地缺失:他为什么不会倒?是不是真的不会倒?无论碰到什么情况,他是不是真的就能够去选择永恒坚守?她把不倒翁拆开,发现底座里面有一个厚厚的金属片,她把金属片取下,不倒翁顿时就倒了。——宛如她任性地与他分手,开始和另一个男孩尝试新的感情,而他也真的毅然决然地离开了她,再也没有回头纠缠一分钟。

他的背影让她失落。真是可笑,她自己也觉得。一方面知道不倒翁一样的感情是多么珍贵,一方面又不甘心这样一眼望到底的感情。总想像一个小孩子一样去品品别的滋味,是好奇,是新鲜,也是被宠坏的小孩子的劣性吧?然而又有多少女人不是被宠坏的小孩子?

小孩子有小孩子的逻辑。和那个男孩不久就分道扬镳了,她还是觉得他好,于是又找到他。没想到他拒门不纳。

"你答应过我,无论怎样都不会离开我的。"她蛮横无赖地说,"我以为你不会像我一样背叛,我以为你真的像不倒翁。"

"是你把不倒翁毁了。"他说,"不倒翁不怕外来的打击,但是怕在里面毁他。"

"再装不可以吗?"

"你以为爱情真的是玩具?"他说,沉默片刻,"你问出这样的问题来,证明我离开你是对的。"

回到房间,她久久地看着那个依然笑着的不倒翁。是的,他是对的。她知道了,她从里面毁了他的爱情,用轻视和挥霍毁了他的尊严和倾

情。她以为这是可以修复的，没想到却不可以。因为这是他最沉的金属片，是他的爱站立的基础，是他爱情不倒翁的重心。

不是什么都可以重来的。不倒翁就这样被她拆掉了。拆掉之后的不倒翁，即使承诺的繁多如底座浇铸了纯钢，也禁不住一指的轻轻推搡。

机遇的本质

这是个重视机遇的年代。"谋事在人，成事在天。"所谓的"天"，便是机遇。于是，便有太多期盼成功的人在渴求机遇女神的加冕。但是，机遇女神却同机遇本身的性格一模一样。你根本不知道她什么时候会来，有时候她来了，甚至就挽着你的胳膊，可是你却不耐烦的推开了她——因为她戴着一张古怪的面具。所以，更多的时候，我们只能目送着她遥远的背影。

"你说，机遇的本质到底是什么？"一天晚上，与一位朋友散步时，她忽然问我。

"你认为呢？"

"我觉得就像这些路灯，隔一段路才会有一个。"

"你太乐观也太悲观了。我觉得机遇没有那么少，也没有那么多。"我笑道。

她不解地看着我。

"路灯是有规律的，机遇却全无规律。你无法预言她会在哪里于何时把我们照亮。和路灯相比，不如说机遇更像是这些与我们擦肩而过的车灯。他们或者和我们同向，或者和我们反向。偶尔会在我们黯淡的旅途中闪烁一下，我们就得抓住这闪烁的瞬间去努力。而很多时候，甚至没有一盏路灯。"

"那你为什么又要说机遇很多呢?"

"因为我们一生下来,就已经意味着拥有了最大的机遇。我们生命存在的本身,就有力地阐述了机遇的含义。只要我们拥有了这种最大的机遇,就可以说,在以后的生活中,处处都是机遇。"

"那你又怎么去评价你刚才说过的那些同向和反向的车灯呢?"

"我记得有一句电影台词是这样说的,'人们常常把自己喜欢的命运就叫做机遇。'我再延伸一句,'人们把自己不喜欢的机遇就叫做命运。'"我笑道,"其实,在我看来,无论是机遇还是命运,都只是一个中性词而已。人们或褒或贬或嗔或喜的称呼着它们,完全是出于自己狭隘的认识和定义。客观地说,机遇和命运的色彩在很大程度上是由我们自身决定的。有太多的传奇可以证实:一个百万富翁因吸毒而倾家荡产,落魄街头;一个破烂王因捡酒瓶子而盖起了豪宅,逍遥自在。你能简单纯粹的用命运和机遇来划分他们的生活段落吗?"

朋友沉默。

我也沉默。

在这沉默中,我忽然从自己刚才即兴而谈的一番话里,无比清晰地意识到了机遇的本质:我们完全可以把自己不喜欢的命运改变成为我们喜欢的机遇,也完全可能把自己喜欢的机遇改变成为我们不喜欢的命运。而这一切,都取决于我们怎样去把握和运用自己的生命、智慧、思想和灵魂。

这,或许就是机遇的本质。

橘 子

我是在火车上遇见他的,他是位英俊少年,我是穿白毛衣的孤身

少女。他的面前堆着很多金灿灿的橘子。我很渴，可我买不到水果和饮料。

我把脸扭向窗外。

"这橘子还真不错。"我听见他对着我自言自语。我知道他是希望我能接上话，然后顺理成章地给我橘子。可万一他是人贩子万一是道貌岸然的流氓万一他居心不良在拿我开涮……我闭上眼睛。

他该下车了。橘子仍耀眼地堆在那儿。

"你的橘子！"我喊。

"帮我把它们消灭了吧。"他笑道，"我的行李够重了。"

又过了两站，我下了车。正匆匆地在站台上走着，忽然听到有人问："橘子好吃吗？"

回头。少年正坐在另一节车厢的窗旁，没下车。

第二辑　刀　爱

刀　爱

明媚的三月三如期来临。然而，三月三留给我印象最深的，却不是野外风筝飘飞的轻盈和艳丽，而是奶奶用刀砍树的声音。

"三月三，砍枣儿干……"每到这个时候，奶奶都会这么低唱着，在晴朗的阳光中，手拿一把磨得锃亮的刀，节奏分明地向院子里的枣树砍去。那棵粗壮的枣树就静静地站在那里，用饱含沧桑的容颜，默默地迎接着刀痕洗礼。

"奶奶，你为什么要砍树？树不疼吗？"我问。在我的心里，这些丑陋的树皮就像是穷人的棉袄一样，虽然不好看，却是他们抵御冰雪严寒的珍贵铠甲。现在，尽管冬天已经过去，可是春天还有料峭的初寒啊。奶奶这么砍下去，不是会深深地伤害它们吗？难道奶奶不知道"人活一口气，树活一张皮"吗？我甚至偷偷地设想，是不是这枣树和奶奶结下了什么仇呢？

"小孩子不许多嘴！"奶奶总是这么严厉地呵斥着我，然后把我赶到一边，继续自顾自地砍下去，一刀又一刀……

那时候，每到秋季，当我吃着甘甜香脆的枣子时，我都会想起奶奶手里凛凛的刀光，心里就会暗暗为这大难不死的枣树庆幸。惊悸和疑惑当然还有，但是却再也不肯多问一句。

多年之后，我长大了。当这件事情几乎已经被我淡忘的时候，在一个美名远扬的梨乡，我又重温了童年的一幕。

也是初春，也是三月三，漫山遍野的梨树刚刚透出一丝清新的绿意。也是雪亮的刀，不过却不仅仅是一把，而是成百上千把。这些刀在梨树干上跳跃飞舞，像一个个微缩的芭蕾女郎。梨农们砍得也是那样细致，那样用心，其认真的程度绝不亚于我的奶奶。他们虔诚地砍着，仿佛在精雕细刻着一幅幅令人沉醉的作品。梨树的皮屑一层层地撒落下来，仿佛是他们伤痛的记忆，又仿佛是他们陈旧的冬衣。

"老伯，这树，为什么要这样砍砍呢？"我问一个正在挥刀的老人。我恍惚地明白，他们和奶奶如此一致的行为背后，一定有一个共同的充分的理由。这个理由，就是我童年里没有知解的那个谜底。

"你们读书人应该知道，树干是用来输送养料的。这些树睡了一冬，如果不砍砍，就长得太快了。"老人笑道。

"那有什么不好呢？"

"那有什么好呢？"老人反问着说，"长得快的都是没用的枝条，树根储存的养料可是有限的。如果在前期生长的时候把养料都用完了，到了后期，还有什么力量去结果呢？就是结了果，也只能让你吃一嘴渣子。"

许久许久，我怔在了那里，没有说话。

我被深深地震撼了。

树是这样，人又何尝不是如此呢？一个人，如果年轻时太过顺利，就会在不知不觉间疯长出许多骄狂傲慢的枝条。这些枝条，往往是徒有其表，却无其质，白白浪费了生活赐予的珍贵养料。等到结果的时候，他们却没有什么可以拿出去奉献给自己唯一的季节。而另外一类人，他们在生命的初期就被一把把看似残酷的刀锋斩断了甜美的微笑和酣畅的歌喉，却由此把养料酝酿了又酝酿，等到果实成熟的时候，他们的气息就芬芳成了一壶绝世的好酒。

从这个意义上讲,刀之伤又何尝不是刀之爱呢? 而且,伤短爱长。

当然,树和人毕竟还有不同:树可以等待人的刀,人却不可以等待生活的刀。而且,即使等也未必能够等到。那么,我们所能做的也许就是,在有刀的时候去承受刀爱和积蓄养料,在没有刀的时候,自己把自己打造成一把刀。用这把刀,来铭记刀爱和慎用养料。

闲品三花

我素日喜欢喝的花茶有三样:桂花、茉莉和菊花。

总是觉得,这三种花像是三种人。

桂花多而繁,累累垂垂,清香迫人,外形无奇,内核深情,是我们周围那些用柴米油盐酱醋茶有滋有味生活的平凡人;茉莉泡起茶来,花少叶多,众叶衬花,洁白无瑕,光彩夺目,浓芳飘散,是我们生活边缘那些琴棋书画诗酒花的风光人;菊花茶虽则只有花,但泡饮时却充满花骨,其性也傲,其色也纯,其香也晚,其味也厚,品之,不仅其清高之气可以荡尽尘埃,其败火生凉的药性更能增添几分豁达和敞阔,是我们生活之中那些风霜雪雨杯中水的智慧人。

平凡人很多,风光人常在。而我只愿自己无论平凡还是风光,都努力去做一个智慧的人。

最重要的朋友

“你知道么? 上午,王凤的丈夫死了。”中午吃饭的时候,爱人对我说。

“怎么死的?”我忽然觉得浑身发冷。王凤是我以前的一位同事,我

们在一起工作了七年,关系挺好,后来我调了工作,来往就少了,但是见了面依然很亲切。

"车祸。"爱人说。这是当代人最普及的死亡方式之一。

我跑到王凤家,那里的人已经很多了。一群人围在她的床边,一片哭泣声。她抱着丈夫的照片,闭着眼睛,像失去了呼吸一样。

我的泪水忍不住流出来。

王凤的父亲曾经是地方上权重一时的高官,孤僻的性格和优越的家境使王凤在很长一段时间内几乎没有朋友。她不接近别人,也不允许别人接近她。她从不和任何人开玩笑,也不和任何人聊天。独自来,独自去,她的办公桌几乎是一座孤岛。后来,她谈了对象,结了婚,生了孩子,人也一点一点地变得开朗和随和起来,像一块逐渐消融的冰。只是时常还是有些困惑、落寞和空虚似的。有时便会叹息:"活着真是没什么意思。""我一直觉得自己没什么目标,不知道自己往哪里走。"大家在一起聊家庭琐事的时候,她时常这么说她的丈夫:"整天婆婆妈妈的,没有一点儿利落气儿。看着他我就着急,觉得他才是女人,我反而是男人。"又笑话他做家务的样子,"整天不是拖地,就是洗衣服,就不会坐到那里看个报纸什么的,勤快得显得没出息。"偶尔也会谈到爱情,"我从不相信有什么爱情。过日子就是过日子,谁整天会有那么多爱情。"

"没有爱情怎么会结婚过日子?"我说。

"没有爱情照样结婚过日子。因为人总得结婚过日子呀。"她笑道。

"你是有爱情的,只是你自己不知道。"

"我的爱情,我自己会不知道么?"她嘲弄地看着我。

她大约以为会一辈子这么过下去吧。没有什么惊人的悲欢,也没有什么骇人的波澜。可是,今天开始,一切都变了。他死了,没留下一句话便从她的世界里无声无息地消失了。

"孩子真是可怜啊,再也没有爸爸了。"

"好人不长寿,那真是个顾家的男人啊。"

"脾气也好。"

……人们低低地议论着。人死言善。然而再高的评价对死者来说都失去了意义。王凤只是默默地躺在那里,许久,才会爆发出一阵凄厉的哭声。之后,又是一段让人心悸的沉默。

后来,我听人们说,她常常抱着丈夫的照片,整夜不眠。我想起我们以前的对话。她是爱他的,这一点已经毋庸置疑。生活的平顺所衍生出的淡漠让她忽略和无视了这种爱。现在,这沉睡的爱被命运鲜明地再生了出来,它被死亡激活了。

死为我们做了多少事情啊。

失明的美国女作家海伦·凯勒曾经写过一篇著名的文章《假如给我三天光明》,她的设想永远只是设想,没有可能实现。而我们每个人如果去写一篇文章《假如我只有一天时间》,这个假如却是那么有可能成为事实。地震、飓风、毒蛇、疾病、战争……这个世界充满了不可预知的凶险。

每一种都能把我们脆弱的生命轻轻折断。假如我们真的只有一天时间,我们也许会觉得每一片树叶都是那么动魄,每一声鸟鸣都是那么惊心,因为,我们再也没有机会去欣赏它们了。

死是我们共同的黑暗背景,它衬亮了耀眼的生命阳光。在黑暗里,每个人都朝着光走着,不愿在黑暗里停息。这黑暗的存在,让我们兴致盎然地活着,津津有味地活着,竭尽全力地活着,不屈不挠地活着,无限眷恋地活着。这黑暗的存在,让我们无比真切地知道着我们一切生动的拥有,让我们珍惜着上帝给我们的每一份微小礼物。

死是我们的朋友。无论我们多么恐惧它憎恶它和拒绝它,我们都得承认这一点。它并不是最可爱的朋友,不是最温暖的朋友,也不是最亲密的朋友。但是,它是我们最重要的朋友。这是残酷的,也是真实的。我喜欢纪伯伦的那句话"生和死是一件事情"。我相信自己的这句话:

死对生的意义，是第一位的。因为，只要想到我明天就有可能死去，我就会泯灭所有的仇恨和不满，去认真地爱我所爱的人，做我爱做的事。

我觉得，这样生活着，才会死而无憾。

小半号的鞋码

几乎没有听说过有谁喜欢穿小鞋。可是在和一位朋友逛街的时候，我惊奇地发现她要的鞋码居然比自己的脚码小半号。

"难道这样会舒服？"我不由得问。

"刚开始时确实有些紧，不过穿几天就撑大了，那时候就会挺合适，而且不容易松掉。"

"太虐待自己了吧？"

"根本不是。"朋友道，"其实鞋码永远都是标准的，不标准的只是我们的双脚。如果我们懂得在适当的时候用我们的脚去积极的配合一下鞋子，那么非但不会觉得委屈，反而会有意想不到的收获。"

仔细想一想，她的话倒是不无几分道理。平常我们所认为的对自己的苛刻和委屈，其实有许多时候是夸大其词的。之所以会对一些很客观很正常的要求也觉得忍受不了，很大程度上是因为我们已经习惯了素日对自己的太过放纵。就拿穿鞋来说，很多人宁可穿大一点儿的鞋子，也决不会选择小的。因为大的显然更舒服。尽管小的再穿一穿会正合适。

"让自己开心！让自己快乐！"我们这样号召着自己。

但是，有谁知道，如果我们能够学会用科学的尺度和分寸时时地约束一下自己，也会是对自己一种真实的关怀和厚爱呢？

有一种桥，永走不尽

没有人知道，在她脱俗的外表下，藏着一颗多么功利的心。

除了她自己。

尽管，功利的缘故往往是因为不得不功利——谁都想让自己生活得更好一些。但是，心存着一份功利，神情到底不如那些无须功利的人一样明朗和坦荡。总是流露出一丝压抑已久的自卑和不甘。大学生活已经接近了尾声，同学们早已开始为毕业后的出路而忙碌，她和大多数人的处境相似，没有什么太理想的可能。出身贫门，家境清寒，无权无势，学业也并非是出类拔萃，命运凭什么一定要厚待自己？

然而，她还是不甘。青春的快车道里，迟一步就是迟百步，她明白。对于自己明白的道理，她不想让自己明知故犯。

幸好，她生得美。

她取出了自己最珍贵的赌注。

"可以让我看看这本书的目录吗？"那天黄昏，在图书馆，她轻启朱唇，淡淡地问对面的男孩。

男孩看了她一眼，脸顿时涨红了。其实这个时刻，他蓄谋已久，心都快生了茧。

他慌慌地把书递过去："你也对这本书有兴趣？……"

从此，情海生波，再无宁日。

男孩相貌一般，但为人中肯，不乏聪慧，却决不滑头。最重要的还有两点：一，他一直都在默默的倾慕她。二，他的父亲是一位显赫的高干。

花前月下，海誓山盟。她如一位演戏的高手，坦然地做着这一切。有时，她自己都以为自己真的爱上了他。

　　"一定一定要记住,桥归桥,路归路。桥既然是桥,就总有一天会走过。如果把桥看成是路,那害的才是我自己。"一个人的时候,她常常这么悄悄地对自己说一番,就会慢慢的冷却下来。

　　"你到底有没有一点儿爱我?"似乎是有什么预感,男孩有时会这么不自信地问。

　　"又不是称东西,什么叫做一点儿?"她心虚地笑,"你爱我有多少点儿?"

　　"那不是一点儿,是整个儿的。"他说,"可是我却觉得你和我不一样。"

　　"男人和女人当然不一样。"

　　"我是指爱情的投入。"

　　"你干脆直说我根本不爱你好了。"她锐利地说。她知道有时把话讲的狠一些并不可怕,反而会显得自己振振有词,"那我干吗还要和你这样?你是不是以为我是在爱你的家庭,你的背景?那好,我不沾你了行不行?"她的神情怒极,"往后,咱们各走各的,我不敢要你真挚的爱情,我也不敢给你虚伪的爱情!"

　　他忙赔笑道歉,顿时妥协。

　　水到渠成。盛夏来临之际,他和她双双找到了理想的工作。一年的试用期里,她小心翼翼地与他保持着温度。试用期满后,她开始有计划有步骤的疏远他。她含蓄地找茬子,文雅的挑骨头,蛮横的耍脾气,尖酸的弄小性,用各种恰当的借口与巧妙的理由冷落着他,淋漓尽致的发挥着自己不可理喻的任性,想让他主动提出分手——似乎在她的感觉里,这样就不那么亏欠他。

　　"你,到底有没有一点儿爱我?"一次,她大闹之后,他忽然静静地问她。口气里不含一丝的愤怨,真纯如一个未染尘霜的孩童。

　　"以前,是有。"顷刻,她艰难地说。

　　"真的有吗?"他有静静地追问。

她不敢看他的眼睛，泪水哗哗的淌了她一脸。原来，他什么都知道。他只是在用最大限度的认真去和她配戏。

"傻瓜，以后千万别这样了。多危险啊！你以为天下的男人都像我这样好欺负吗？"他用宽大的手掌擦着她的泪，"以后别再借桥用了，要学会自己游泳。"

她哽咽难言，越发难过，却不明白自己在难过什么。直到他离开许久，她才想到追到窗边去凝视他的背影。

数年过去，她又经历了几次恋爱，奇怪的是，这些毫无功利目的的恋爱却都转瞬即逝，让她一次次失去了兴趣与感觉。一天晚上，她辗转难眠，居然惊骇地发现：在自己的灵魂深处，装的竟然还是那个被自己当作"桥"的人。而再也没有一个男人会像他那样，连自己对爱情的利用和亵渎都可以毫无芥蒂的理解、原谅和宽容。

这一种宽容，让她今生今世再也无法走出。

她犹豫了很久，终于拨通了他的电话。

"喂，你好。"她听见他说。

她没有做声。

"是你吗？"静了一会儿，他说。

她的泪水落在话筒上。

"为什么？"他又问。

"因为，桥不是桥。"她说。

桥归桥，路归路。人生的许多经历和状况，我们都习惯了用截然不同的标准去划分。但是我们并不明白，桥与路在许多时候是分不清楚的。你以为永远也走不尽的长路，其实也许是一座有头有尾的短桥，而你以为过后即可拆掉的一座小桥，却也许是一段你一生也走不尽的长路。

路远无轻

一天,和姐姐抱孩子上街。她先抱。走了一会儿,我换她。

"累吧?"我问。

"没听俗话说吗,'路远无轻。'"姐姐笑道。

心里不由得一动。

路远无轻。就手中的孩子而言,实指的是孩子的重量,虚指的便可以是孩子的未来。因为血缘里这份天然的爱,我们就再无后退与逃避的可能,只有负担起这"远途之重"。

路远无轻。即便是一片鹅毛,万里之遥的风霜也会让人不堪其重。沉甸甸而不可计数的,也许还有鹅毛和风霜之外的东西吧?

路远无轻。从这个意义上讲,每一个能把自己所选择的道路坚持到底的人,都让我肃然起敬。

路远无轻。重的是精神,是爱恋,是沧桑。

路远无轻。轻的,只是生命本身的流程。

音乐厅里的下里巴人

一天晚上,我和一位朋友到一个著名的音乐厅去听音乐会。

那时节正值暮春,气候已经转暖。来听音乐会的人们穿得都十分合体:男士们大多穿着做工精良的名牌西服,显得庄重而高贵。女士们大多穿着色调和款式都很新颖的套裙或旗袍,显得雍容而典雅。熟悉的人们亲热地寒暄着,陌生的人们矜持地静坐着。整个音乐厅的氛围显得特别谐调,特别温馨,特别美好。总之,让人一走进去,就会觉得这是一个上等人士云集的高级场所。

我和朋友坐在一方视听角度都非常好的位置上——我们手持的是一等票。一等票的价格是每张二百元,是全场最高的。不过我们两个人的票都是另一位朋友转送的。以我们俩的月收入,要是自己掏腰包来听音乐会,未免也太奢侈了。虽然坐在音乐厅里的那种感觉远远不是二百元钱所能够衡量的,但是,作为生活在红尘中的一介俗人,谁又能够完全抛弃物质条件的控制和局限而毫不犹豫地去登攀精神享受的空中楼阁呢?

和我们并排坐在一起的也是两位小姐。她们的衣饰看起来也很不俗,本来就很秀丽的容貌经过一番用心良苦的精雕细琢,显得更加脂光粉润,让人观之惊艳。

和这样两位小姐坐在一起,我和朋友不自觉地都有点儿局促,好像今天我们这一身很一般的衣着有点儿对不起这个金碧辉煌的音乐厅似的。不过我们的这种感觉并没有延长多长时间——因为不久音乐会就开始了,我们马上就沉浸到了优美的旋律中。

第一支曲子演奏完毕之后,我们座位的前排又来了两位姑娘。

一瞬间,周围人们的目光都集中在了这两个姑娘身上。

这两个姑娘的打扮很像是打工妹。一个姑娘看起来大一些,上身穿着一件红色的劣质毛衣,下身穿着一条不伦不类的黄裙子。另一个姑娘看起来小一些,她穿着一身粗糙的牛仔装。她们都没有化妆,脸蛋儿都泛着生气勃勃的红晕,仿佛是很仓促地赶过来的。她们找到座位之后,兴奋地相视一笑,便满脸幸福地坐了下来。可以说,她们根本没有注意到周围有人在看她们。

我听见和我们并排坐的那两位姑娘都轻轻地笑了出来。我知道她们笑的含义,她们其实是在用动听的笑声来传递她们对前面这两位姑娘的不便于表达也不屑于表达的另一种潜含的语言——这种人,也配听音乐会? 不过,这种注意和轻蔑也是短暂的,因为第二支曲子也开始

演奏了。

第二支曲子是勃拉姆斯的《匈牙利舞曲第五号》，是勃拉姆斯以吉卜赛民族的民间舞曲音调作为素材创作的一首钢琴作品。我们正默默地倾听着，忽然，前面传来了两个姑娘的对话声：

"姐姐，这首曲子表现的什么内容啊？"

"这首曲子是以吉卜赛的民间舞曲音调作为主旋律的，所以表现的主要就是吉卜赛人热情奔放的性格，整个舞曲充满了欢乐热烈的气氛，描绘出了一幅吉普赛人的生活画面。这首曲子的结构是复三部曲式。第一个主题的旋律优美流畅……"大一点的姑娘很内行地向妹妹讲述着，尽管她的声音压得很低，但是在安静肃穆的听众席上还是让人觉得十分地刺耳。

有几双眼睛向姊妹两个瞟了过来。

"……第二个主题的旋律由于切分节奏，吉卜赛民间舞的特色就更为鲜明……"

姐姐仍在详尽地向妹妹解释着。妹妹也听得十分专注。

"第三段是 A 段音乐的再现……"

"还有完没完哪？"

"懂不懂规矩？"

和我们并排坐的那两位姑娘开始不满地低语。那位姐姐回头看了看她们，不再说话了。

第二曲结束，第三曲开始了。

第三曲是贝多芬的一首小步舞曲。

"这首舞曲是贝多芬三十八首小步舞曲中流传最广的一首……"姐姐又自觉地开始了她的讲解："这首曲子是由一系列的附点节奏组成的……"

"喂，请你注意一下公共道德行不行？"我们身边的一个姑娘拍了拍姐姐的椅背，终于插话了。

"就是,如果你太喜欢当老师,那就待在家里一心一意地哄孩子去,这儿的人大概不需要你的指教吧。"另一位姑娘也语气温和语锋尖刻地说。

"对不起,我妹妹她……"

"她要是懂音乐,你就是不讲她也自然会懂,她要是不懂,你就是再说也是白搭。如果你实在是想把她培养成个大音乐家,那你就把她领回家去,自个儿爱怎么教育就怎么教育去,不要拉我们当她的陪读。"拍椅背的姑娘又说。

"来到音乐厅,就得尊重音乐,不尊重音乐,就是不尊重你自己,"另一位姑娘的语气更加凌厉了,"你知道吗?"

姐姐沉默着。妹妹转回头有点胆怯地看了看那两位谴责她们俩的姑娘,神色中间流露出一丝令人怜惜的张皇。

第四首曲子也开始演奏了。这是肖邦在流落异国的时候创作的一首具有波兰民间舞曲特色的钢琴曲。

"这一首曲子……"姐姐居然又顽固地开始了她的讲述。

"太不像话了!"我们身边的两个姑娘都站了起来,满面阴云,"你简直就是不可理喻!"

姐姐置若罔闻,她依然津津有味地对妹妹讲着,一幅我行我素的样子。

两位姑娘终于拂袖而走。

第五支,第六支,第七支……从始至终,姐姐都是那么尽情尽兴地讲着。而我们周围的人,差不多都被她的讲解声弄得兴致全无,一走了之。我的朋友也曾经想中途退场,但是因为她非常喜欢最后的那曲《天鹅湖》,而我又对这两个小姊妹非常好奇,因此我们一直坚持到了散场。

"你们觉得今天的音乐会怎么样?"随着熙熙攘攘的人流往外走时,我笑着和她们搭话。

"很好。"姐姐说着,脸上忽然溢满了愧疚,"我今天是不是打扰你

们了？"

"你还知道啊？"朋友半开玩笑半不客气地说。

"对不起。"姐姐微微地低了低头。

"今天你们怎么来晚了？"我又问道。

"今天晚上吃饭的客人特别多，我们向老板请假，一直请不下来。"

"你们是从外地过来打工的吗？"

姐姐点点头。

"在哪儿打工？"

"在复兴门附近的一家小饭店里。"

"今天的票是老板给你们的吗？"

"不，是我们自己买的。"姐姐的话语里竟然有一种掩饰不住的自豪，"我们两个人最大的爱好就是音乐了。我妹妹最喜欢的是唱歌，我最喜欢的是听曲子。就这两张票，花了我们差不多半个月的工资呢。"

"你们这么喜欢音乐，怎么不考音乐学院？"

"没有考上。"姐姐的神色暗淡下来："所以我们才来到这儿打工。一是想离音乐学院近一点儿，多沾沾那股气儿。再就是想抽空儿去听听音乐会。"

"在音乐厅里，你们有没有觉得自己挺……"我斟酌着词句："挺寒酸的？"

"我从来没有想过这个问题。"姐姐坦然说道，"我是来听音乐的，又不是来比衣服的。"

"那你有没有觉得是个下里巴人？"朋友也插进来问道。

"我觉得，下里巴人应当是指精神境界而言的。凡是能够欣赏音乐的人，都不会是下里巴人，因为音乐不允许你去做一个下里巴人。"姐姐郑重地说，"也许有时候，面对音乐，我会觉得自己是一个下里巴人，但是面对人的时候，我从来没有过一丝一毫下里巴人的感觉。"

我和朋友都被这个姑娘的话惊呆了。是啊，她说的话多好啊。什么是阳春白雪？什么是下里巴人？衡量二者的到底应当是什么标准？这两个打工妹从破灭的大学梦里走出来，执著地流浪到这个城市，从油腻腻脏兮兮的饭店碗碟里走出来，艰难地跨进这个音乐厅，她们虽然没有什么漂亮的服饰，没有什么高贵的身份，甚至还没有什么完全符合文明规范的举止，但是她们的内心，却完全匹配得上音乐的纯洁、纯美和纯粹。对于她们来说，音乐不仅仅存在于音乐厅里，音乐还更长久地存在于她们的心中，存在于她们生活的每一个信念里。

如此说来，那些只是因为她们的衣着和举止就鄙夷她们的人，又有什么资格去听音乐呢？

——甚至包括我和我的朋友。

告别的时候，我们依依不舍地和她们姊妹两个一一握手。那个妹妹，始终没有说过一句话。

"也许你们会不高兴，但是我还是得告诉你们，"最后，我终于鼓起勇气说，"以后你们再来音乐厅听音乐的时候，最好不要一边听一边说话，那样会影响别人的。而且，即使是你妹妹，也不能听到最好的效果。"

"你说得很对，"姐姐说，"可是我妹妹在读高三那年得了一场病，因为医院的误诊误治，她的听力已经严重受损了。"姐姐的眼泪终于流了下来，"如果我不那样对她讲，她几乎就什么都听不见。"

鱼羊盛开

一天晚上，在哥哥家里玩，十岁的小侄子把他刚刚写好的作文拿给我看。他写的是暑假里去内蒙古大草原旅游的事。我一边看一边念："……大草原真是美丽啊。碧绿的青草简直就是一望无垠的地毯，在这个地毯上，鱼羊盛开……"至此，我不由得大笑起来，讲给大家听，大家也都笑个不停。

"有什么好笑的。"小侄子很不满。

"你是不是想写'鲜花盛开'？可是你丢了一个'花'字，又把'鲜'字写得这么离散，我不读成'鱼羊盛开'还能怎么样？"

"鱼羊盛开就一定错吗？鱼和羊就不能盛开了吗？"小侄子忽然说，"草原那么大，羊就像是草原上会跑的花。河里的鱼那么多，颜色又那么好看，也像是会游动的花。既然是花，为什么就不能说盛开？"

我禁不住赞叹地摸了摸他的头："你说得真好。你知道吗？你刚才这几句话比你这整篇作文都有价值，甚至值得姑姑学习。"

我说的是心里话。

在平常的生活中，有太多的人们习惯从一种途径去看待事物，是好就好，是坏就坏，是黑就黑，是白就白。却不明白：在正确的身后往往会拖出长长的阴影，而在错误的背面，也居然可以找到如此丰富聪慧的解释。其实，生活中竖立着无数个多棱镜，如果我们只能够从中透析出一条光带，那绝对属于另一类意义的色盲。

谁在风中留下

电台的天气预报里说，今天下午有六至七级大风。刚刚吃过午饭，果见树卷如云，尘沙腾空。

真的起风了。

我穿上一件厚衣，便走出了门。

"这么大的风，你去哪里？"妈妈问。

"去邮局寄一封急信。"我说。

这只是一个借口，我是想到风中走一走。——但是，有时候，这样不着边际不合常理的目的上面，只能覆盖一些再切实不过的理由，不然，你就会成为别人的笑料。这当然并不可怕，只是似乎没有必要。

风越来越大。可以想象到自己的头发已经乱成了一团蓬松的乌丝，——不过不美。左右望去，却看不到别人的模样，——因为风中几乎已经没有了如我一样的别人。

是的，没有人在风中行走，就连骑自行车的人都很少。摩托车和小轿车倒是照常来往，因为，使用这些工具，无需用力。

其实用力走路并不辛苦，腿脚就是天然的走路工具。有谁还能够常常体会得到，在用力之后，他们在身体里所激发出的充满安慰的快感和他们所唤醒的疲惫的欢愉呢？

我在风中缓缓地走，有些孤独。

电线杆岿然不动，树木看似摇摆不定，根部却稳扎稳打。房子都关上了门，像女孩子围上了围巾，静静地矗立着。没有挪移的，还有土地、道路，以及天空。

我忽然震惊起来，风中留下的都是些什么啊。这些最朴素、最实用、最坚决、最博大和最深沉的事物，他们不会被风吹走，也不会被风左右。风是短暂的。追随风的，往往比风更短暂。但是，谁在风中留下，谁就比这一切都要宏美和恒久。——或许，正如人类一次次时髦的潮流和运动过后，留下的那些珍贵的人，以及他们珍贵的心。

我在风中行走，与他们的象征无声做伴。我在风中停顿，与他们的灵魂悄悄亲吻。

我深感荣幸。

淡出和淡入

一天晚上，我去找一位朋友玩。说是玩，其实是帮她解解闷儿。前一段时间，和她相恋多年的男友忽然另有所爱，离她而去。她表面上虽然显得十分平静，心里的惊涛骇浪却一直不曾平息，朋友们已经暗暗

地为她担心很久了。

两人有一搭没一搭地聊了一会儿天，便一起看起了电视。正静静地看着，她忽然说："这个淡出的画面做得不好。"——她从事的是摄像工作。

"什么是淡出？"我好奇地问。

"画面从有渐渐到无的过程就叫做淡出。"朋友说。

"那是不是还有淡入？"我问道。

"是的。"朋友笑了，"画面从无渐渐到有的过程就叫做淡入。"

"淡出和淡入是经常用的吗？"

"那当然。有时候只用淡出，有时候只用淡入。更多的时候是二者结合起来并用。"

她的话音刚刚落地，电话铃忽然响了起来。朋友连忙拿起了电话。我发现她在接电话的时候，总是先要摸一摸烟灰缸。有时候烟灰缸不在手边，她也一定要先找着烟灰缸，摸一摸再接。——这种情形我已经发现好多次了，这似乎是她的一个非常令人不解的习惯。

于是待到她接完电话之后，我就问她："接电话之前你为什么一定先摸摸那个烟灰缸？"

"因为，"她有点儿不好意思地笑了，然而她的笑容十分沉重，"我和他谈恋爱的时候，他每次来都要先打一个电话。而且他每次都要抽很多很多的烟，所以在接他的电话时，我总是会顺便把烟灰缸为他准备好。现在虽然已经分手了，虽然我明明知道他不会再打电话给我，可是每次听到电话铃声，我还是会下意识地去摸一摸那个烟灰缸。很没有出息，是吧？"她的眼睛久久地盯着电视屏幕："我也知道你们都是为了我好，可是我实在是力不从心，就是没有办法忘掉他。"

我沉默着。不知道该对她说些什么。

"可是你总得学会淡出啊。"过了许久，看着电视屏幕上的镜头，我终于说。

"淡出?"朋友喃喃地重复道,"你知道吗?淡入得有多么慢,淡出得就有多么慢。不要说我,其实你也是这样,任何人也都是这样。"

我又陷入了沉默。是的,她说的是对的。淡入得有多么慢,淡出得就有多么慢。其实我们每一个人都生活在淡入和淡出的流程中,谁也无法彻底地脱离过去,正如谁也无法坚决地拒绝将来。一个人可能永远也无法忘怀他的童年时代,同时他也在童年的幼稚和愚顽中一步步地走向了明天。一个人可能永远也无法忘怀他的初恋,但是当他和另一个女孩子共剪红烛时,他的脸上同样也会露出真诚的笑靥。从某种意义上讲,我们每一个人的每一时每一刻都处在淡出和淡入的阶段里,过去在我们的目光中渐渐地变成了一只只硬硬的壳,我们一点点地从壳中蜕出,成为今天的自己。再从今天的壳中蜕出,走向下一个今天……

淡出是淡入的基础,而淡入却是淡出的必然。

最后和朋友告别的时候,我们俩什么话都没有说。因为我们已经从彼此的目光中懂得,无论是淡出也好,还是淡入也好,只要我们在人生的每一个阶段里,都能够尽力把自己心灵的画面拍到最正,拍到最好,就已经是非常不容易了。

扫 帚

儿子刚刚一岁零四个月,正是碰见什么东西都要敲打一番的时候。一天,他看到了扫帚,便兴致勃勃地去扫地。玩了一会儿,就被扫帚别别扭扭地弄了一下。八成是有点儿疼,他便一边扯着嗓门叫一边泗泪滂沱地走到我面前诉苦。我像以往那样,连忙捉住他胖胖的小手指煞有介事地轻轻吹着,一边笑道:"好了,没事了。"

他的心理很快平衡了下来。转过身,又拎起了扫帚。我以为他还要

扫地,谁知道他却把扫帚一直送到我的面前。

我困惑地看着他。

"妈妈。"他仰着小脸说。——他还不会用两个字以上的话来自如地表达自己的意图。

"要妈妈扫地吗?"我问。

他急得摇头跺脚,表示反对。然后笨笨地学着我刚才哄他的样子拍了拍扫帚。我顿时明白了,他是想让我也安慰一下扫帚呢。

扫帚也疼。在他的心里,他一定是这样想的。一时间,我有些发愣。

在我,乃至许多人的寻常概念里,扫帚只是一个清除垃圾的工具。扫帚难道也有什么生命?我几乎从来就没有这样一种意识。可是,仅仅由于我们的忽略,扫帚就没有生命了吗?当年,它是一粒种子的时候,一定也曾经被珍爱地酝酿过;它是一株绿苗的时候,一定也曾经在田野里舒畅地摇曳过;它被无情的镰刀收割的时候,一定也曾经流淌过惊恐的汁水;它刚刚被扎成一把扫帚的时候,一定也曾经有过不驯的锋芒……然后,它慢慢地、慢慢地,就变成了这样一把乖巧、圆滑、灰秃秃、脏兮兮的小扫帚。它的土地呢?它的母亲呢?它的朋友呢?它的青春呢?

生命,就是这样粗糙和迟钝起来的吗?

人,就是这样老起来的吗?

没有人回答我。只有孩子,他仍旧执拗地站在我面前,举着这把经常在墙角呆着的、默默无闻的扫帚。

我接过扫帚,像对待一个孩子那样,轻轻地吹了吹,然后轻轻地说道:"好了,没事了。"

我听出自己的声音似乎有一丝哽咽。

在水上写字

这个周末,爱人照例去和朋友们小聚。我坐在电脑前面,一气儿打了两篇小稿。于是,当他带着微醺的酒意回来,我便忽然有些恼怒,觉得自己眼里寸秒寸金的时光被他这么大把大把地挥霍掉实在是可惜。仿佛第一次注意到,自己嫁的原来是这样一个没有出息的人。

"你不觉得这样混日子很没有意义吗?"终于忍不住,我还是开了口,试图给他一场醍醐灌顶的教育。

"怎么了?"爱人很困惑的样子,"我不过是和朋友们出去玩了一会儿而已。"

"这样玩有什么必要?有什么用处?三十几岁的人了,生命短暂,就不知道用来做点儿有意义的事情吗?"

"你是不是觉得我在浪费时间?"爱人笑起来,"你应该把儿子叫过来一起给我们上课,我三十岁才开始浪费时间,可他一生下来就开始了。"

"他是个孩子!"看到他这样没正经,我几乎愤怒了。

"大人就不能玩了吗?"爱人依然心平气和地说,"我平常的工作压力那么大,偶尔玩一下,难道就有罪了?"——他从事的是一项听起来蛮重要的行政工作。

"还说你的工作呢,不过就是跟着上面唱唱四季歌罢了,最后能留下来什么?在水上写字而已。"我又把矛头转向他的工作。

"是,我的工作是在水上写字,留不下什么。那么你的工作呢?你整天在纸上写字,也发表了,也出书了,到最后是不是真的就能够留下些什么?"爱人的神情逐渐认真起来。

"当然不。"我察觉到自己的无理,口气软下来,"但是,重要的是,我喜欢这种工作。它不但给予我丰富的人生享受,并且让我用自己喜

欢的方式去记录和表达。"

"你要知道,不是每个人都能够像你这样幸运。确切地说,十有八九的人都没有你这种幸运。但是,你绝不要因为你的幸运而去轻视其他的人。"爱人说,"你以为我很浑浑噩噩,是吗? 其实我一直都知道自己走到了哪里,自己在做什么。"

"你在做什么?"我轻轻问。

"我要生存,要养家糊口,所以必须做好这一份平常的工作。我要自己的亲情、友情和爱情都和谐美满,所以必须时时刻刻地维护和珍惜。我想要一副好身板去名山大川旅行,所以必须天天早起去锻炼。我还想这么平平安安胸无大志地过到老,所以我还得经常淡化淡化自己不安分的浮躁欲望……不用你说,我也知道我平庸。可是,你知道吗? 能够实现这种平庸也是一件挺不容易的事情呢。"

他的笑容有些凄凉。我也不由得黯淡下来。

"你是不是也觉得自己挺难的?"许久,我问。忽然间有些良心发现。

"你以为呢?"爱人说。

我无话可答。愧疚一点儿一点儿吞噬了我方才自鸣得意的优越感。我忽然间无比清晰地照见了自己的恶俗。是的,爱人是很平庸。然而,平庸又有什么错呢? 我们无法期望人人都是伟人,那样的世界实在不堪想象。作为一个平庸的人,只要他在自己的愿望和原则之内做了最大的努力,那么他就有资格获得所有人的尊重。——也许,他的努力看起来就像是在水上写字一样秋波无痕,但是,他的手指肯定在永恒的水里留下了自己不可替代的温度。甚至,知道他的不仅仅只是水,还有水里的鱼儿、虾儿,以及那些息息相关的繁茂水草。

从这个意义上讲,他决不是在水上写字。也许,值得怀疑的,倒是我这种以文字为生并且曾经可笑地以为会以文字流传后世的人。不知道为什么,我觉得自己的生活在那些最朴素的人们面前,充满了在水上写字的意味。实在是有些自作聪明,有些枉做文章。

碳素与蓝黑

碳素是一种类型的墨水。蓝黑是另一种类型的墨水。

从开始写钢笔字时起,一直喜欢的都是碳素。与白纸相映,他色漆如夜,似墨泼雪。而且颜色经久不褪,仿佛一件常穿常新的衣衫。那样鲜明的效果,那样浓烈的思绪,那样利落的节奏,那样锃亮的爱恋……每著一字,仿佛都涌动着澎湃激昂的歌喉;每留一页,仿佛都镌刻着海誓山盟的永久。

一直不喜欢的都是蓝黑。那样疲沓的颜色,那样中庸的定位,几乎没有特征,也没有跳跃,仿佛失血似的软弱和无向。这种颜色,几乎引不起我的一丝褒扬的注意,不知道为什么,我还有些微的反感。仿佛他象征和蕴涵的是一些退化了的智慧和思想。

但是,我慢慢发现,也许是因为内在的密度有些过大,也许是因为颗粒的分布不够均匀,一段时间之后,碳素极容易在笔中凝滞和沉淀下来。你必须细细地清洗,细细地除垢,然后才可以再用。可是不久,笔尖便又枯涩了。于是,你又要清洗和除垢……随着周期地增多和过程的往复,那种曾经令你失魂落魄的美好感觉就打下了一个又一个深深的折扣。

而蓝黑却始终是那样不疾不徐,头尾如一。它轻淡的面庞中含着安宁和沉静,默默地坚守着某些珍贵的原则和力量。它从不大起大落,也难得惊乍呼号,中庸只是它的表情,软弱下覆盖着它的柔韧。它就是这么不停不歇地流着,用自己特有的方式去接近和亲吻大海。

碳素也许一如我们曾有的青春。

蓝黑也许一如我们必经的暮年。

第三辑　在天花板上亲吻

在天花板上亲吻

这是一个朋友婚外的感情。她说她不介意被写出来。"没什么可耻的。"她说。

"君生我未生，我生君已老。恨不生同时，日日与君好。"她说，"我们之间，就是这个样子的。"

他们之间，甚至连对视也没有。

偌大的会议室，他们面对面坐着，当然还有许多人。但因为彼此的存在，那许多人便都没有了意义。——也许，原本就是为了见面，他们才心照不宣来参加这个会的。

他原本是挨着她坐的。他来得晚了些，进到会议室，发现只有一个座位空着，在她左边。他犹豫了一下。如果不去坐，显然是异常的，如果去坐，——他从来没有和她这样亲近过。时间越长，他的犹豫就越引人注目。他走过来，"这儿没人吧？"他问她。她点头。"那我就坐这儿了，沾染沾染青春气息。"他说。

他比她大二十一岁。

会议还没有开始，周围的人都在和邻座说话。他们也说，只是，她和右边的人，他和左边的人。他们之间连最普通的问候和寒暄都没有。偶尔，他们的胳膊会碰到一起，皮肤都很紧张，甚至，空气从他这里流动到她那里,她都能感觉得到空气的紧张。

终于,有一个人上了卫生间,他站起来,孩子气地去占那个座位。借口是他要问那个座位旁边的人职称的问题。其实他这种资历和年龄,早已经不用评职称了。她长长地松了一口气。

他们也常常单独见面。每次,他都说自己老了。开始她还抗议他的说法,后来她就任他说。如果他觉得这样说说舒服,那就说吧。她想。但听不到她的抗议他似乎有些落寞。说的神情也有些凄凉,没有她抗议时的坦然和畅快。她这才明白,他把自己的诉说和她的抗议当成了一种游戏。于是,她又开始抗议他。他说老,她说不老。他说如果再年轻十岁或者五岁该多好,她说你在我眼里就是同龄人。他说年龄不饶人,她说许多事情都和年龄没有多大关系。说着说着,她就发现经遍世事的他总还是有些腼腆和害羞。她喜欢他这种腼腆和害羞。他们初识的时候,就是这腼腆和害羞里透出的纯真致命地打动了她。一个年届半百的人还会腼腆害羞,还会有纯真,这意味着什么?

意味着他还没有恋爱过。

爱情是一种野气。野气撒出来了,男人就会变皮,变木。他没有。

他们就这样开始了没有任何标志和证据的恋爱,已经十年了。我问她十年里他们之间一点语言的表达也没有吗?她说有过一次。那是他们一起出去游玩,——他们在一个系统工作,有时候会碰到一起。一大桌子人吃饭,他们俩挨着。餐厅很喧哗,人们各自聊着天,他和她都感觉着静默着也不是一回事儿,就说些散淡的话。突然,他问她:"有的,是吧?"

她说她很吃惊,不是因为不明白这没头没尾的话,而是没想到他会说。

"是。"她马上说,"有的。"

没有任何定语,然而他们都明白对方在说什么。

他们也有过一次小小的牵手,那次是他们一起出差。一天晚上,同

行的人都出去购物了，只剩下了他们俩。他们出去散步，沿着一条河。河岸上是一级一级的梯道。顺着波光，两字排开的都是酒吧，有歌声，有琴声，还有他们的呼吸声。她问他会不会游泳，他说只会狗刨。她说如果我跳河呢？他说你为什么要跳河？她说因为失恋。——这是她对他最明显的暗示了。

他说你没有失恋，你不会失恋。然后他上了一级台阶，说："我拉你一把。"然后不由分说地牵着她的手，他们慢慢地向前走去。一瞬间，她的甜蜜比河水还要充溢。

然后呢？

然后，他放开了她。但她已经很满足了。

君有妇，卿有夫。日子过得都很平安，不想让两个家伤痛动荡。于是他们就这么爱着。爱得像两个孩子。爱得像两个少年。爱得像两个傻子。

"其实，我们也有过亲吻。"她说，"开会的时候，我们总会共同看着某一个人，一个倒水的服务员，一个慷慨激昂的发言者，一个咳嗽不止的老太太，一个站起来拉开椅子准备上卫生间的男人，总之，只要是有点动静，我们就会一起看着那个人。"

在他的脸上，他们用目光实现了亲吻。

"如果实在没什么人可看，"她说："我们隔一段时间就会一起看看天花板。在天花板上也一样可以亲吻。"

核桃的爱情

公公是个极为细致的人，衣食住行一丝不苟，言谈举止更是章法谨慎。而婆婆相对而言却比较粗糙，枝宽叶大，节奏明快。饺子包得像包子，说话响得像高音喇叭。

"今天的粥你只熬了十五分钟,不够半小时怎么能吃呢?"通常是公公先提意见。

"你洗衣服也太快。十分钟能洗干净一件衬衣吗?"

"我洗净洗不净又不要你穿,都像你一样,洗件衬衣用三吨水就好啦?"

"吃药切记饭后一小时才可以。"

"我吃药关你什么事!"

……

总之是公公说一句,婆婆顶一句。自打我过门来,几乎每天都能听到两人如此拌嘴。开始我还劝劝,后来也就熟视无睹了。不过还是有些困惑,便问夫君:"二老日日小吵,定期大吵,火性比我们还甚。别的夫妻都是性格互补,他们倒是性格互撞,难道磨了一辈子还没磨平?"夫君沉吟半晌,笑道,"这有什么不好吗? 各人有各人的方式。"

我对他的话初时不以为然。慢慢才明白,知父母者,莫如其子。

公公是干部出身,一向善于自我批评,常说:"我这个人毛病多,有不对的地方,你们可以向我提意见,但是千万不要向她提。她思想简单,不好接受,白白生气。"而公公若是生起气来,婆婆又会悄悄叮嘱我们:"他那个人,心小气大,脾性古怪,不要惹他。"婆婆若是有病,公公必会端汤送水,问长问短,深更半夜还在床前守着。公公若说想吃什么,婆婆面上不情愿,却还是会绷着脸做出一大盆,哪怕做出来后公公挑毛病时再与他吵。公公若是外出,回家必会给婆婆买一两块极好的衣料。而无论公公的意见多么让婆婆不耐烦,每餐饭菜婆婆还是努力迎合着公公的口味。偶尔,在某个黄昏,两位老人也会一起出去散步,虽然常常没走多远就会不欢而散,但是并不妨碍他们的"再度合作"。

最让我震撼的,是这样一件事情。

有一段时间,婆婆患了一种慢性病。医生说吃核桃对治病有好处,公公便四处采购起来。无奈跑遍了城里也收获甚微,因为正值夏日,商

家怕核桃生虫,便都早早处理完了。公公着了急,一天,他一大早出了门晚上才回来,户上背着一袋沉甸甸的东西。

"我买到核桃了!"他高兴得像个孩子。

"在哪儿买的?"我问。

"在山里头。"他说,"跑了好些家才买这么多。"

吃过晚饭,洗了把脸,他就开始敲起核桃来。他在一边敲,婆婆在一边捡,神情出奇地平静和温柔。

这是他们的二人世界。于是我没有插手帮忙。但是,我的心头却涌起了一种深深的感动。

"你以为老人们还有爱情吗?当他们相濡以沫到鸡皮鹤发的时候,你以为他们还有爱情吗?老到连性别意识都淡至若无的时候,那还能叫爱情吗?那只能叫亲情!"在一部电视剧里,我清晰地记得这一段激烈的台词,一直以为它深刻而别致。可是,现在我蓦然感到了它的肤浅。

是的,老人也会有他们的爱情。就像我的公婆。当然,公公不是风流倜傥的少年,他不会献玫瑰,他献出的只是皱巴巴的核桃。他也不会"骑马挥长剑,赢得美人心",可是他付出的是比浪漫更有分量更有光彩的东西——他用生命凝结出的诚挚的关怀和疼爱。因为,就在他翻山越岭买核桃的时候,他已经完全忽视了自己是一位患有高血压、脑血栓和心肌梗塞病史的七旬老人!

比起这个,平日里那些小小的矛盾和纠纷又算什么呢?它们不过是一些哗哗作响的落叶,秋风吹起时,落叶就会卷走。露出的坦平宽阔的路面,那便是他们用毕生岁月结晶出的爱情。

亦如公公千辛万苦找回来的那些核桃。外面的壳质似乎很坚硬,里面核肉的颜色似乎也很苍老,但是放到口中细细咀嚼,你才会品出他们清脆芬芳的爱情,食愈多,味愈佳,历久弥香。

心中有缘

一天,我和同事正在办公室里聊天,忽然有一个村妇模样的人从门帘子里探进头来。我问她有什么事,她说她是找人的。我便起身把她要找的人的地址告诉了她。她喏喏地道了一声谢,就走了。

一个月后,我又和这一位同事下乡去采访。走到半路,摩托车突然坏了。正急得不行,我忽然看见后面有一个人走了过来,看样子特别像是那天找人的那个村妇。我便上前拦住了她。

"你又不认识人家,人家不会帮你的。"同事说。

"我不认识你。"那个村妇果然说。

"可是我认识你。前些天你去我们单位找过人。"我笑着说,接着我便把那天的来龙去脉讲了一遍。

"想起来了!"村妇终于一拍大腿,说道。然后她便跑来跑去地帮我们抬车,借工具,打电话,买汽油……待到车修好之后,她又盛情款待了我们一顿可口的午餐。

"咱们和她可是真有缘啊。"当我们又上路的时候,同事深有感慨地对我说。

我不由地笑了,没有回答。是的,我们是真有缘,然而这缘似乎得来的有些危险。同事不记得她了,她也不记得我了。只有我还记得她——若是我也不记得她呢?这缘不就是一缕被风吹散的轻烟了吗?

可见缘这个字,原本是因人而异,因心而生的。如果心中有缘,便处处可以看得见缘,如果心中无缘,那么即便是命运把缘送到你的眼前,你也会视而不见。

幸福瞬间

一位朋友托我修改一篇稿子，因为时间匆忙，我修改的字迹很潦草，而我的潦草字一向是我的"独门秘籍"，很少有人能认识。我来到朋友单位，本想一字一句地念给她听，可是她却不在，她的一个同事接待了我。

"你要是放心的话，可以给我讲一遍，再让我转达给她吧。"那个不苟言笑的男子说。

"我的字可是奇丑无比的。"

"我有心理准备。"他微笑道。

我果真给他讲了一遍。之后，他又给我复述了一遍，丝毫不差。

"你真行啊。好多人看我的快字像看天书。"我惊讶道。

"其实，我对你的运笔规律还是很熟悉的。"他说。

"为什么？"我困惑极了。

"你可能想不到，我珍藏有你的许多墨宝呢。"他腼腆地说。

我仔细地端详着他。他的确是我刚刚认识的人，我对他一点儿印象也没有，他怎么可能会有我的字迹？

"三年前，可能你那时候还没有买电脑，就经常去五星打字社打印东西，我也常去那里打印文件，就认识了你，当然，你根本就不在意我。有一次，我在打字社的废纸筐里偶然看到了你不要的原稿，我就捡了出来，如获至宝。后来又留心收集了很多，一直保存到现在。没事的时候，我就拿出来看看。"

"你为什么要这么做？"我更是涌出了十二分的好奇。我的字那么差，根本没有描摹的价值。原稿又涂抹得那么乱，读起来又特别吃力。他图个什么？难道还等我成了世界名人之后拿它们拍卖么？

"你别误会,我没有别的什么意思。"他连忙解释,可是他解释得很犹豫,显然一时间他找不到合适的词来形容自己的动机,"我只是,"他说,"只是很喜欢你的文章,进而觉得组合你文章的这些字也很特别,我觉得它们不应当和那些文件呀报告呀堆在一起等待被扔掉,应该有一个容纳它们的空间。我看它们的时候,也不是从书法的角度和名人的立场去看,我只是觉得,它们和你的文章有那么紧密的联系,就很亲切,很有韵味。"

我的脸一下子红了。真是惭愧啊。我对自己说。连自己都毫不吝惜的手稿却被这样一个陌生的有心人给予了如此的殊遇,我有什么资格获得这样宝贵甚至奢侈的珍视?我有什么资格获得这样沉默而静美的关怀?一直以为写文章不过是自己的事,所谓的影响和意义最终不过都是虚妄之谈。这一瞬间,我突然真切地觉得,这件事真的并不只是属于我自己。

不单单属于自己的人生,是多么辽阔和美丽啊。

而在这同时,我一向平和的心也飞起了甜蜜的波澜。在一个陌生人面前,我第一次感觉到了纯净而又透明的幸福。

酿酒的作料

上初中的时候,隔壁班的一个男生喜欢上了我所在的班里的一个女生。那个女生虽然长得十分清秀,但是性情却十分内向,常常是一幅不苟言笑的样子,让人难以接近。说老实话,连我们班的男生对她都是敬而远之的,可是出人意料的是,隔壁班的男生却对这朵"冰花"发动了火热的进攻。

他的进攻方式是很特别的。既不是写情书,也不是送电影票,而是唱歌。每一个课间,只要教室没有老师,他就会跑到我们班来,向那个

女孩子一首接一首地献歌。并且一边声嘶力竭地唱着一边手舞足蹈地表演着,场面真是热闹得很。那时候,我们每天都不得不欣赏永远以他为主角的演唱会,从《让我们荡起双桨》到《小鸟,小鸟》,从《学习雷锋好榜样》到《三大纪律八项注意》,从《驼铃》到《八月桂花遍地开》,品种齐全,应有尽有,把我们的耳朵都快磨出茧子来了。

我们尚且如此,那个女孩子的心绪就更是可想而知了。于是每一个课间都成了她最难捱的时候。在教室里呆着吧,就必须得忍受那个男孩子目不堪睹耳不堪闻的演唱——并且她的座位在第一排,所睹所闻的还尤其真切。可是如果跑到校园里,那她不就恰恰给那个男孩子做了一个绝好的宣传广告吗?

女孩子犹豫不决,苦恼万分。一天,她终于鼓起了勇气,把那个男孩子大骂了一顿,但是男孩子丝毫都不在乎,依然我行我素,甚至更加殷勤起来。

女孩子实在没有办法,就转学了。

不久,那个男孩子也随着女孩子转到了同一所学校,雷打不动地进行着自己那一套进攻的程序。

女孩子被缠得忍无可忍,便告诉了校长。当校长找这个男孩子谈话时,男孩子却振振有词地辩道:"我什么都没有做,只不过是唱唱歌而已。"

校长哑口无言。难道人家说得不对吗?人家确实只不过是唱唱歌而已,总不能连唱歌都要限制一下吧。于是校长除了对女孩子好言劝慰一番之外,也是无计可施。

日子就这么一天天地过了下去。上高中之后,我们一班人都分得七零八落,就很少听到他们两个的消息了。据说两个人还在一个学校读书,那个男孩子执著依然。

十年之后,全班同学聚会,那个女孩子没有来参加。大家谈起当年的往事,无不感慨良多。言语之中,都流露出了几丝为女孩子惋惜的意思,有人甚至说,如果不是那个男孩子胡搅蛮缠,那个女孩子不一定多么有出息呢。

"可是你们知道吗?"一位沉默良久的同学忽然神情特别地说道,"他们现在都十分幸福。你们想象得有多幸福,他们就有多幸福。"

我们惊异地看着他。

"我说的都是真的。"这个同学为自己保留的"秘密武器"的爆发效果而得意地笑起来,"五年前他们就结了婚。现在他们的孩子都快四岁了。他们还开了一家挺大的餐馆,我家就住在餐馆的后面。"

"那她今天怎么不参加我们的聚会?"有人问道。

"她正在餐馆为我们准备午餐呢。"

众人不由地欢呼起来。平静下来之后,自然又是另一番感慨。

在他们的餐馆,看着他们恩爱的样子,我忽然想起了女孩子当初的模样。人生是多么不可思议啊,无论你如何不爱另一个人,是不是都会经不起这样他漫长的灼热的炙烤呢?

我不知道。

也许,感情就是一汪鲜活而生动的水,它会从我们每一个人的身边漫过,如果你不想去珍存它,那么它就一定会悄悄地从你的生命里流走,消逝得无影无踪。如果你想给它铸造一个精致的容器,那么它很可能就会停下来,由一汪平淡的水变成一坛醉人的酒。只要你一启封,就会闻到满腹的芬芳,你就会看到自己亲手酿制的一则则美丽的传奇。

酒的主体构成,自然是两颗纯洁的心和一份恒久的爱。而酿酒的作料,却只有一味——这就是时间。

多一个烧饼

一天黄昏,我去家附近的小巷口买烧饼。因为经常打交道,烧饼店

的女老板和我很熟。她的烧饼口碑很好,面揉得很筋道,烤的也金黄焦脆,香气十足。更让我留恋的是她熬的热豆腐串,一块钱两个,夹在烧饼里吃,简直是让人百品不厌。每次去买烧饼,我都要买上一个。

买过烧饼,我便和女老板照例扯一会儿闲话。正说着,一个收破烂儿的老人在我们身边停了下来,递给女老板一张皱巴巴地两圆钞票。女老板很快给他装好了一摞烧饼。他拿在手里,打量了一下,似乎想查一查数。

"别查了,老规矩,九个。"女老板笑道。

他笑了笑,走了。

"你多给了他一个呀。"我犹豫了一下,虽然觉得收破烂儿的挺可怜,但转念一想,他又不差这一个烧饼,于是还是忍不住提醒女老板。

"每次我都多给他一个。"没想到女老板很平静。

"为什么?"

"多给他一个烧饼,你也眼馋?"女老板开玩笑。

"那当然。"我也笑了,"一样都是消费者,为什么优惠他?"

"不仅是他,所有干苦活儿的人来买,我都会多给一个。"女老板叹口气,"他们不容易啊。"

"我也不容易啊。"

"你要是真不容易,就不会每次都吃豆腐串儿了。"女老板白我一眼,"你每次都吃,那是你觉得一块钱不算什么。可是在他们眼里,一块钱的豆腐串可没有一块钱的烧饼实惠。他们绝不会拿这一块钱去买豆腐串,只可能去买烧饼。因为这一块钱是他们打一百块煤球拾二十斤纸才能够挣来的。——所以,在他们面前,你可真是的没有资格说不容易。"

在她的申辩声里,收破烂的人已经走远了,我也笑着告辞。握着手里温热的烧饼,我心里充满了一种无以言说的感动。女老板话里所含着的朴素的道理和朴实的逻辑,让我不但无条件地认同,并且,还有一种深深的喜悦。"多一个烧饼,你也眼馋?"我又想起了女老板的话。不,我不是眼馋,而是心馋,甚至有些嫉妒。我羡慕这种底层人与底层人之间所拥有的高尚的怜悯、同情和理解,我在意这种不为任何功利所侵入的馈赠和关爱。

如果,将来我遭遇到了生活任何形式的打击和颠覆,但愿我也会拥有这样一个珍贵的烧饼。当然,它的形式绝不仅仅限于一个小小的烧饼。

关于信仰的故事

一位在某宗教部门工作的朋友,曾经告诉过我这么一个真实的故事。

在某地的基督教会组织里,有一位被公认为是本地区水平最高的牧师。他对所有的教徒都充满了慈悲和关爱,他对《圣经》的领悟总是独特而精彩,他作的见证句句都含有不容置疑的感激和崇拜,他布道时的神态处处都流露着让人靠近的虔诚和温暖。——他以自己的这一切魅力赢得了极好的声誉,简直像是一颗耀眼的明珠,在众人的视线里熠熠闪烁。

有明珠一样的人,就有尘土一样的人。为教会做门卫的义工是一位已过六旬的老人。他在上帝的膝下,已经默默地匍匐了三十年。他无怨无悔,严谨辛勤。退休之后,他主动要求为教会服务。每天早上,他都要把教堂内外打扫得干干净净,不让一丝灰尘留下。每天夜晚,他都独坐灯下,深深祈祷,让自己在上帝的目光中彻底地洗浴和沉醉。

一个秋天的下午,下了一场雨,院子里落了不少枯叶。雨停之后,老人拿起扫帚,想去打扫一下。他照例走到教堂门口,想从这里开始。忽然,他听到教堂里面似乎有一丝动静。他有些诧异,便走到门边,从门缝里向里张望。于是,他看见了他终生都不能忘却的一幅情景:那个

最受人尊敬的牧师,正像研读《圣经》一样专心致志地抠着奉献箱的箱底,一张一张地往外掏着钞票!——而奉献箱里的钱,其实是应当有几个长老定期一起打开,共同清点之后,再由专人保存起来的。

老人瞠目结舌。

老人无声无息地放下扫帚,走回屋里。

第二天,他留下了一封揭露内情的辞职信,回到了老家。尽管后来那个牧师受到了相应的惩罚,但是,老人还是重病不起,郁郁而逝。——而在这之前,他的身体没有丝毫破绽。

"他的死是信仰之死。"朋友说,"其实,不仅是这位老人会崩溃,就连我也觉得无法面对。如果本来就是小偷作案也就罢了,甚至是做其他事情的任何一个普通人,也能够让人好接受。可是,他是一个牧师啊。他每天都在领人忏悔,每周都会为人施洗,每月都在上帝的名下取工资,怎么会做出这样恶心的事情?"

我默然。想起了自己亲身经历过的一件事。

他是一个在全国都很有名气的青年诗人,在北京一家杂志社做编辑。他的诗和文章以骑士般的忠诚和纯情著称。但是,听圈内人讲,他其实是一个极放荡的人。我没有相信,也没有不信。那一次,我到北京办事,受人之托,给他捎了一样东西。我们约好在一个小巷口见面。及至见了面,没说两句话,他突然把手放到了我的肩上。

"你干什么?"我甩开了他的手。

"这样不是挺好吗?"他厚颜地笑着。

"我不习惯你这种好。"说完,我转身离去。

这一件事,我当然没法不生气,但是我也并没有因为他文风与人品不符而惊诧。我压根儿就没有把他以及其他我不了解的所有人想象得那么干净和神圣。我深深地知道,他只是一个普通甚至是低下的以文字技巧生存的人而已。他的身上,没有,也不必非有我所珍视的魅力与光芒。

博大的,是《圣经》;体面的,是工作;精致的,是词语;高尚的,是文学。但是,最真实的,却是——人。牧师决不会都心如天使,作家也决不会皆爱如情圣。这位牧师和这个诗人只是把工作当成了工作。在他们的意识里,工作与灵魂无关。

事情就是这样。如果一个人与灵魂无关,那么无论他做的事情看起来多么高雅浪漫,他与灵魂也在本质上有着万里之遥。同样,如果一个人在内心里与灵魂亲密无间,那么无论他做的事情看起来多么沉秽黯淡,也不能在本质上分离他和灵魂的血肉交融。

信仰也是一样。

信仰只是信仰。他像一块朴素的青石。有人把他伪装成珠宝,戴在头上做美饰。有人把他雕琢成武器,拿在手里去慑人。有人把他看做是一把现成的椅子,时不时地坐在上面小憩。还有人把他当成了精神支柱,让他负载自己的一生的欢乐和幸福。——这些都没有什么不好。不好的也许是:一定要把信仰和某个人联系起来。人,其实是最脆弱最易脏的生灵。信仰虽然是由人而生,却拥有一种天然的明净和不可更改的深纯。他一旦被人诞生出来,就有了一种超越于人的力量。而我们,如果一定要把某种信仰重新聚落在某个人身上,最后怎么能不失望呢?

在这个浮躁不安的紫陌红尘中,信仰也许还是有意义的。但是,更有意义的也许还有我们应该怎样去对待自己的信仰。如果我们一定要忠实于某一种信仰,那么,有两点也许应当注意:一,不要把某个人奉为偶像。二,如果不幸有了偶像,那么对这个偶像的坍塌要抱有最充分的心理准备。这既是现实世界对理想的必然约束,也是我们保护自己尽量不受伤害的最佳原则。

纯粹的勇气

曾经听说过这么一个故事。

一个男人十分喜欢一个女人,这个女人却对这个男人没有什么感觉,不过她也没有碰到什么让她特别倾心的男人,于是她就一直拖着,没有对男人表态。过了几年,女人已经将近而立之年,却仍然没有碰到自己想要的那个人,而那个男人还在执著地等她,于是她就嫁给了那个男人。

但是她始终没有说出那个"爱"字。

婚后,那个男人对她百依百顺,呵护倍至。女人也十分贤惠温存,知冷着热。就这么过了二十多年。

但是她还是没有说出那个"爱"字。

男人也始终没有问她什么。

有一年,男人得了一场重病,当他在病榻上奄奄一息的时候,他不止一次地看到女人在偷偷地落泪。他的心里居然一阵欣慰。

"你老实告诉我,你爱我吗?"一天,他问女人。

女人犹豫了片刻,点了点头。

女人的犹豫让他的心不由得一颤。

"你要说老实话,不要欺骗一个快要死的人。如果你以为欺骗会使我幸福的话,你就错了。"他严厉地说。

女人的泪水如断线之珠,滚滚而落。

"你爱我吗?"男人又问。

女人沉重地摇了摇头。

"那你为什么常常背着我哭?"

"我……我只是习惯了你。"

"习惯不是爱吗？"男人绝望地问道。其实他明明是知道答案的。

"爱可以成为一种习惯，但是习惯永远也不能成为爱。"女人说，"对我而言，时间的长短并没有引起感情的质变。"

他们都泪流满面。

半年之后，男人的身体竟然奇迹般地康复了。康复之后他做的第一件事情，就是和女人离了婚。离婚的时候，两人相对无言。

是的，有什么好说的呢？他是一个纯粹的人，而她比他更纯粹。即便是面对死亡，他们也都不愿意欺骗自己和对方。在这个世界上，能够做到这一步的人，又有几个呢？

纯粹有时候是一种残忍。

纯粹有时候也是一种勇气。

永远的爆米花

我的一位朋友，曾经在河南某地当过几年知青。

她住的那一家房东是无儿无女的老夫妇，非常地和善、质朴。两位老人都不那么爱说话，总是一幅沉默寡言的神情。但是他们却在这悄无声息中给了朋友许多疼爱：给朋友吃的咸菜，总是要多滴上几滴香油；有了白面馍馍，肯定只留给朋友吃；就是朋友偶尔在院子里晒晒被子，他们也必然会把阳光最充足最温暖的那一段晒衣绳让给朋友。朋友当然也非常知道感谢。她对两位老人也很好，总是在他们的阻拦声中帮他们做一些家务。闲下来的时候就和他们聊聊天。如果家里人从北京给她寄来了什么好吃的东西，诸如罐头饼干之类的食品，朋友也一定会毫不吝惜地送到两位老人面前。

朋友和这两位老人的亲情在当地成为人人尽知的佳话。

一天，朋友下乡的那个村子里来了一个爆玉米花的人，朋友第一次

尝到这种玉米花,觉得实在是好吃极了。回去便向两位老人极口称赞这玉米花的美味。老头子听了,二话没说,往篮子里倒了一大碗玉米就走出了门。不一会儿,一篮子热腾腾、香喷喷、甜滋滋的玉米花便送到了朋友的屋里。

此后,只要村子里来了爆玉米花的人,朋友的屋里就一准儿会有爆米玉花的香味。有时候,爆玉米花的人许久没有来,而朋友的玉米花又接不上顿儿了,老太太就会找人到处打听爆玉米花人的下落,打听着了,老头子就会挎着篮子走一晌或者一天的路到那个地方,在天黑之前就把一篮子爆玉米花送到了朋友的手里。朋友为此很不安,曾经说过他们几次,但是根本没有什么作用,朋友也就无计可施了。于是,玉米花成了朋友在这贫瘠的乡间所能经常吃到的最好的零食,甚至连朋友的朋友和朋友的家人也都从朋友这儿尝到了这种玉米花。村子里的人们自然也都知道,他们开玩笑地给朋友起了一个外号"玉米花"。

一恍,几年的时间便过去了,朋友终于接到了回城的通知。回去的那天,两位老人给她装了一大包白面馍馍。——当然,还有一大包玉米花。

那一天,三个人都哭红了眼睛。

咫尺变天涯,一别难再逢。尽管朋友利用了一切到河南出差或者是路过河南的机会去看望两位老人,可是她和两位老人见面的时间距离还是越来越宽。先是一年,然后是两年、三年、五年……但是无论她什么时候到了那个村子,迎接她的,除了两位越来越老的老人之外,还有的就是那一篮子似乎永远香甜的玉米花。

第二个五年的时候,迎接朋友的依然还是那一篮子玉米花,但是人却只剩下一个了——那位老太太已经去世两年了。朋友捧着这一篮子玉米花,听着老头子讷讷地讲述,欲哭无泪。

第三个五年又到了,可是这一年里,朋友的身体特别地不好,事情也特别得多,始终抽不出时间去看那位老人。恰好我有一个机会要到那个地方去,朋友便叮嘱我去替她看看他。

可是当我来到这个村子里,向村子里的人打听老人的家时,他们却告诉我说,老人已经去世三年了。

"你不是玉米花。"在我就要离开村子的时候,一位有年纪的村民忽然说。

"我是玉米花的朋友,是玉米花叫我来这里的。"我说。

"那你跟我来。"他说。

我跟着他来到他的家里。不一会儿,他从里间取出了一篮子玉米花。

"这是老头子临走前交代的,说玉米花再来的时候,一定要记着给她一篮子玉米花。"

我接过了这一篮子玉米花。我知道我不能不接。

可是当我又走到村子里的大街上时,眼前忽然涌现出了那么多那么多的玉米花!

"多捎一点儿吧。玉米花可喜欢吃玉米花哩。"

"给玉米花带个信儿,对她说啥时候想来就来吧,啥时候都有玉米花!"

……

我不知道自己是怎么穿过那一条充满了玉米花的街道走出那个村庄的。我只知道,我这一辈子都不会忘掉那些粗糙的、简单的、纯净的、香甜的玉米花了,这种用铁炉包裹用炭火烧熟用人心焐热的乡村食品,胜过了我所尝到过的一切美味。

这是永远的玉米花。

当我把这一切都原原本本地告诉朋友时,朋友失声痛哭。

我默默地看着她。我没有去劝慰她。

我知道她不需要劝慰。我知道她为什么哭。

畏惧告别

我实际上是个十分口拙的人。而且,特别是在关键时刻尤为口拙。比如告别。

告别似乎是一个普遍公认的隆重时刻,也是一个最能够让人感怀的时刻。越是这样的时刻,我就越是畏惧。倒不是怕伤心怕落泪,而是怕说话。——人多还好,你一句我一句也容易混过。最怕人少,尤其是只有两个人的时候,无论语言的茅草多么丰盛,也总会有一些东西干巴巴地显露出来,让你不得不面对。

一位女友曾来看我。客观地说,她是那种蛮不错的朋友,只是不错也不错得挺一般,聊天聊得也还好。偶尔,我们也能够走到深处,但更多的时候,我们只是走在快乐的表面,一旦到了最孤独最无助的时候,我们第一个想到的人,都不是彼此。

她在我家住了两天。两天的相处使我们的友谊略有升温。而汽车站的告别却像催化剂一样莫名其妙地促进了我们对彼此的留恋。我们的话语顿时充满了巧克力一般甜蜜的浓香和油滑的关爱。

离开车时间还有十五分钟。

"有时间一定要再来玩啊。"我切切叮嘱。

"一定一定。"她殷殷答应,"你也一定要去我那里呀。"

"一定一定。"

沉默。

"饿不饿? 渴不渴? 那边卖有吃的。"我笑道,"来这儿可别委屈。"

"我才不生分呢。倒是你,该吃就吃,该喝就喝,别光顾着照顾我。"她忙说。

互相的谦让已经显出几分生分了。

"爸妈身体还好？"——忽然想起，这已经是我第三次问这个问题了。

"还好，"她的口气稍稍迟疑，"就是都有点儿高血压。"

"那一定要注意呀。"我的心里一阵轻松。终于找到了一个合适的谈话点儿。——我的母亲曾经患过高血压，我在高血压方面的知识几乎等同于半个专业医生。

我们谈了足足有十二分钟的高血压。

发车时间终于到了。我们依依不舍地牵手，款款深情地揽肩，你给我掸尘土，我帮你捋头发，及尽了朋友间的肢体语言来为离别的氛围助兴。

时间到。有乘客催车。售票员不耐烦地解释："还要再等上几分钟，有个人约好了要来坐这趟车的。"

只好接着聊。股票，电脑，广告，街上行人的穿着，单位同事的佚事，装修房子的得失……车，在我们纵横万里无所不及的云雾中终于发动起来了，于是我下车，她打开车窗，我们相对微笑。我挥手作别时，已觉辞尽。

车走了两步。突然间，又停了下来。原来是有人下来买烟。

我只好又赶上前。两人的表情重新开张。话语却如同剩茶续上了凉水，更加滋味惨淡。

"这个坤包颜色太深了，配你这个衣服不大好。"

"有没有考虑去补照一套婚纱照？听说金艺影楼技术特好。"……

买烟的人还在那里挑来挑去。真想替他买一包啊。

终于终于，汽车的烟尘笼罩了我。我在蒙蒙的视线里第三次和朋友作别。放下疲惫的手臂，我突然觉得有些窒息。在这一瞬间，我明白了好几件事情：人为什么会在许多时候变得虚伪；人为什么会在许多时候丧失勇气；人为什么会在许多时候深感生命的无聊和无奈；人为什么会在许多时候深陷平庸且支持平庸……

也终于明白：为什么只有真正的好友才会容许你相顾无语。为什么古人在造字时会把告别写作"辞"，——那是"辛苦的舌头"啊！

学习快乐

不知不觉间，孩子已经一岁了。在潜移默化的引导之后，他开始进入了完全自主的玩耍阶段。但是，令我稍觉诧异的是，他对我买给他的玩具往往只有很短暂的兴趣，却对自己发现到或发明出的小伎俩和小东西乐此不疲。

一天早上，我在洗脸间洗脸，他在一边捣乱，突然看到我把牙刷掉到了洗脸池里，发出叮咚的响声，他顿时喜形于色，迅速的照仿起来，于是，洗脸架上的梳子、牙膏、洗面奶、香皂盒便纷纷落入池中。全部都扔了一遍之后，他发现还是橡皮塞最好玩：只要扔到池里，就要先蹦几蹦，然后才会落入池底，一近池底，就会沿着池底转圈儿，转到最后，还会稳稳的靠在出水口边停下来。也许在他的眼里，这真是一个了不起的奇迹吧，他一遍又一遍地重复着，憨笑着……

还有一次，我抱着他去壁柜里取东西，取完东西，他无意中关了一下壁柜的门，"仆！"壁柜上的碰珠很浑厚的响了一声，他大笑起来，便不厌其烦的搞起了关门游戏，并且有意关大关小，尝试着制造出不同的声响效果。直抱得我手臂酸痛，他还是意犹未尽。

如此的例子还有很多。每当这个时候，我都会默默地看着他，心里充满了羡慕。也许此时在他的眼里，世界上根本无所谓什么是玩具，只要是能够带给他欢笑的事物，他都会由衷地喜爱和珍惜。而我们这些成人呢？遥控车、象棋、扑克、保龄球、影碟，甚至于爱情，大大小小，虚虚实实，无不可以成为我们的娱乐对象。我们会制造，我们会购买，我们还会代替，我们更会冷漠和抛弃。我们唯一不擅长的，也许就是孩子般的毫不世故的沉醉和投入。因为,面对人生中的太多存在,我们已经学会了用金钱的数额来衡量,用地位的高低来比较,用背景的深浅来抉择,用利益的厚薄来取舍……

包括面对原本是让我们最大限度的释放心灵和关怀心灵的玩耍。

我们真的还会玩耍吗? 我们真的还能够从纯粹的玩耍中得到我们梦寐以求的那种纯粹的快乐吗?

我很怀疑。

在这种怀疑中,我开始有意的多陪孩子玩耍。一方面想学习和沾染一下他的快乐,一方面也想让他更加淋漓尽致的享受他的童年。因为我无比真切地知道:他终有一天会长成一个标准而乏味的大人。

第四辑 我曾在月光下奔跑

我曾在月光下奔跑

爸爸妈妈：

你们一定很好，我知道。昨天，去商店买电池，一对母女在看衣服，母亲正拿着一件桃红外套在女儿身上比划，说：大了点儿，大了点儿。她的背影让我一下子就看到了妈妈。然后，路过菜场，我看见一个身材瘦高稍微佝偻的中年男人拎着两包粉丝，穿着深蓝色的中山装，默默地行走在人流中。我有意绕到他的身边，听见他轻轻的咳嗽声。像极了爸爸。

你们都是最平凡的人。谢谢你们的平凡。因为你们的平凡，我才可以从每一个适龄男女身上都能够重温你们。这让我觉得，你们从未离开过我。你们的天堂和我的人间一直融合在一起，天堂和人间似乎根本没有什么区别。天堂亦是人间，当然，人间也是另一种意义的天堂。只不过许多人不明白而已。而我之所以懂得，是因为你们，你们让我成为一个清醒的天使。

爸爸离开的时候，我十五岁。伤悲刚刚平复了一些，妈妈又离开了。你们走后，我们兄妹五个虽然各自成家，却也都有点儿像野孩子：自由自在的同时也无依无靠。因此我曾经无数次痛恨过命运的苛刻和歹毒，但，现在，我的喋喋不休早已沉寂。——大哥因为工作失误身陷囹圄圈四年,刚刚出来。二哥离异,开一家药店,大哥正帮他经营。小弟夫妇因为经济问题畏罪潜逃,经多方努力才归案自首,现在都被判了缓刑,保住了工作。我和姐姐算是比较平安的,但也跟着他们一波起一波落,十指连筋,流血,剧痛。在经历了这么多事之后,我终于不再抱怨。

我学会了感谢,感谢一切。在一篇名为《谢辞》的短文中,我这样表达了自己的谢意:"痛苦之前我感谢生活,他给我平安。之后我感谢生活,他给我幸福。之中我感谢生活,他给我体验。繁华之前我感谢生活,他给我安宁。之后我感谢生活,他给我沉静。之中我感谢生活,他给我高潮。罪恶之前我感谢生活,他给我简单。之后我感谢生活,他给我深沉。之中我感谢生活,他给我挣扎。丑陋之前我感谢生活,他给我妩媚。之后我感谢生活,他给我淡定。之中我感谢生活,他给我煎熬。……我感谢生活,他值得我感谢。喜悦,残缺,遗憾,他的一切我都在感谢中照单全收。我感谢生活,他值得我感谢。每一个细节,每一种滋味,每一滴泪水掉进笑靥……"

当然,我最感谢的,还是你们。不会再有人会像你们一样爱我,我们,再也不会。感谢你们让我们存在,——也感谢你们和我们分开。因为分开,我们不得不以最快的速度成熟和成长,让心灵获得最重要的智慧和坚强。我也替你们感谢了这分开。诀别固然至痛,但也免尝了孩子们带来的纷扰和烦恼。你们可以由此享受到原始的平静安宁,这让我欣慰。

但我还是想念你们,在许多时刻。接送孩子上学,去田野里放风筝,买一只烤白薯……每一处微小的角落里,你们都会在我的眼前跳出,栩栩如生。一次,我听人说如果在月光下奔跑,就可以让去世的亲人看见自己。恰好那天晚上月光很好,我便在月光下奔跑了很长一段路,你们看到我了吗? 我多么希望你们能看到啊。

想说的太多,说出的太少。写了这些,才发现文字不过是最贫乏的诉说方式。也许,根本无需这样的诉说。每一个孩子的存在,对你们都

是一种鲜活的缅怀。我们的每一颗心，都是你们的栖居地。我们会怀抱着最纯净的祝福与感恩，带着你们，将生活继续下去，下去。

小鱼对河床的成全

做了母亲之后，十分喜欢看着儿子睡觉。他泥鳅一样光滑的背，黝黑健康的肩膀，饱满茁壮的脚，眉宇间不可言说的可爱神情……看着看着，我常常觉得，单是为了这么一看，女人就不能错过做母亲的机会。

忽然又想，自己这么小的时候，一定也是这么在母亲的目光里熟睡的吧？然而快乐的童年又是懵懂的，在这种目光里我一次也没有被看醒，所以也不曾记得。对这种目光开始有感受是在渐渐长大之后，那一年大约十三四岁，正是女孩子刚刚有心事的时节，世界仿佛沾上了一层浅淡的绒毛，是柔软的，又是可惧的；是新鲜的，又是羞涩的；是骄傲的，又是胆怯的；是敞襟儿的，又是密闭的；是吸收的，又是排斥的。是草一般纷乱地伸展着自己的枝条，然而又如花粉一样敏感着各种各样的风。

一天，我正在里间午睡，还没睡稳，听到母亲走进来，摸摸索索的，似乎在找什么东西。过了一会儿，忽然静了。可她分明又没有出去。我们两个的呼吸声交替着，如树叶的微叹。我莫名地觉得紧张起来，十分不自在。等了一会儿，还没有听到她的声响，便睁开眼。我看见，母亲站在离床一步远的地方，正默默地看着我。

"妈。怎么了？"我很纳闷。

"不怎么。"她说。似乎有些慌乱地怔了怔，走开了。

后来，这种情形又重复了一次。我就有些不耐烦地说："妈，你老是这么看着我干吗？"母亲仿佛犯了错似的，一句话也没有说。

以后,她再也没有这么看过我了。——或者说,是她再也没有让我发现她这么看着我了。而到我终于有些明白她这种目光的时候,她已经病逝了。

再也不会有人肯这么看着我了。我知道。这是深根对小芽的目光,这是天空对白云的目光,这是礁石对海浪的目光,这是河床对小鱼的目光。——这种目光,只属于母亲。

孩子在我的目光里,笑出声来。我的目光给他带来美梦了么?我忽然想:如果能够再次拥有母亲的这种目光,我该怎么做?是用笑的甜美来抚慰她的疲惫和劳累?是用泪的晶莹来诠释自己的呼应和感怀?还是始终维持着单纯的睡颜,去成全她欣赏孩子和享受孩子的心情?

有些错误,生活从来都不再赐予改过的机会。我知道,这种假设对我而言,只是想象的盛宴而已。但是,我想,是不是还有一些人也许需要这种假设的提醒呢?——如果,你还有幸拥有着母亲,如果,你浅眠时的双脸偶然被母亲温暖的目光所包裹,那么,千万不要像我当年一样无知和愚蠢。请你安然假寐,一定不要打扰母亲。

你会知道:这种小小的成全,对你和母亲而言,都是一种深深的幸福。

缆车里有一双高举的手

"缆车上升的速度极为缓慢,一步步向终点站靠拢。眼看缆车就要靠近平台,司机作开门准备工作,正要招呼大家准备依次下车,上面接车的工作人员也开始着手接车,打开平台护栏铁栅门。就在这一瞬间,缆车却突然掉头下滑。工作人员见状大吃一惊,立即猛按上行键,但已失灵,紧急制动也无济于事……当缆车下滑了三十米之后,速度陡然加快,随着'嘭'的一声震耳欲聋的巨响,数秒钟内,这个满载三十六人

的庞然大物轰然坠入一百一十多米的深谷……缆车坠地的一刹那,一位父亲眼疾手快,将自己的儿子举过头顶骑在自己的脖子上,双手牢牢抓紧。结果孩子只受了点轻伤,而这位伟大的父亲,却在缆车坠地后十余分钟就永远的合上了双眼……"

这是 1999 年 10 月 20 日《经济日报》上的一则报道。

读后,我默默无声。

许多同事也都读了。读后,边感慨着议论起来:怎么可能呢?那么小的缆车,那么拥挤的人,而且还处于急速下滑的不平衡状态,在那样白驹过隙的一刻,在那样惊心动魄的一刻,怎么可能把孩子举过头顶且牢牢抓紧?

怎么可能呢?人们一遍又一遍的质疑。

真是奇迹啊。人们一遍又一遍的赞叹。

我环视了一下周围,发现质疑和赞叹的都是还没有结婚或者是婚后还没有孩子的人。那些为人父母的人,则都如我一样默默无声。

说什么好呢? 又有什么必要说呢?

我忽然想起我曾经听说过的另一件事情:一位厨师在煎鱼时偶然发现油锅里有一些鱼总是竭尽全力的躬起身子。厨师很纳闷,特意把鱼解剖开,这才发现:鱼肚子里藏有小鱼。

那位厨师,从此不再煎鱼。"我是两个孩子的父亲。"他如是说。

鱼不会说话,不会表白,是最平凡不过的鱼。厨师整日里烟熏火燎,油盐酱醋,是最平凡不过的厨师。但是,他们同样也担得起记者对缆车里的父亲所用的那个修饰词:伟大。——面对他们的孩子。

难道他们不伟大吗?

鱼在水草中自由自在邀游的时候,在抗拒不了诱惑吞吃美饵的时候,厨师在和菜贩子讨价还价的时候,在为评职称愤愤不平的时候,缆车里的那位不知名的男子在分年货跟人吵架的时候,在因为醉酒胡吹瞎侃的时候,甚至是在公共汽车上偶尔逃票的时候……他们都是最卑微的生命。这种卑微的状态很可能占据了他们外在表现的绝大部分，使他们看起来像是一粒粒空气里的灰尘。

然而，我们就能够因此去否认他们在孩子面前所释放出的最强烈的爱的光华吗？

决不能。

这种光华，就像空气中珍贵的氧气。平日里，他们就无声无息的混搅在灰尘中，常常会显得那么平面，那么单调，甚至是那么乏味。但是，当他们爆发出来的时候，却有着任何情感都比拟不了的丰盈，芬芳和醇厚。正是这种光华，成就了他们的灵魂，让他们拥有了一种最自然最熨帖最真实的伟大。

每一位父母都会拥有这种潜在的伟大。不谦虚地说，也包括我。但是，我并不渴望这样的伟大。因为，这是用死亡映衬出来的绚丽。当然，如果真有那么一天，我也绝对不会逃避。我会用我全部的绚丽为孩子织出属于他的深情锦缎。

　　让我努力而不被你记

　　让我受苦而不被你睹

　　只知斟酒，不知饮酒

　　只知制饼，不知留饼

　　倒出生命来使你得幸福

　　……

不知从何时起，我的脑海里深深的刻上了这一段话。我相信，这段话可以为缆车里那位父亲高举的双手以及任何一位父母的心作出一种精湛的诠释。

如果能用笑容

和不熟悉的人乍一见面，很容易被人问起我的家庭状况。

"你父母身体怎么样？"常常有人这么寒暄。

"很好啊。"

"公公婆婆呢？"

"我刚才说的就是他们。"

"那，你娘家的父母呢？"

"都去世了。"我笑道。如同在说他们身体很好。

"都去世了？"对方往往是控制不住地震惊，"有多长时间？"

"爸爸有十七年，妈妈有十年了。"我回答得十分流利。这个时间，永远不需要去刻意想起，永远也不会模糊忘记。

"那时你还那么小。"对方的口气总会不由自主地怜悯起来，"就是现在，你也是这么小。"

"这种事情，谁也作不了主的。"我神情明朗，语音平淡，连自己也听不出有什么异样的伤感。如果一定要仔细分辨，那么有的甚至只是别人的怜悯所引起的我的歉疚。——因为我纯个人的事情引起了别人情绪的不安，我对此十分有愧。

大约是见我若无其事的样子，对方的心理也就随之松弛下来。接着，他们还会好奇地问问父母在世时的事情。我仍然会微笑着告诉他们：父亲曾经怎样爱下象棋，爱写毛笔字，母亲怎样爱绣花，爱听赞美诗。

每次每次，都是这样。

"你，对他们，好像没有那么难过了。"终于有一次，一位朋友很含蓄地说。我听出了他吞吐中的疑问和另视：这个没心没肺的人，亲生父母去世这样悲哀的事情,她居然还笑得出来?

"是不是要我哭给你看?"我的笑容没有停顿,"是不是这样才会符合一个标准女儿的身份和意义?"

朋友被我噎得说不出话来。我岔开了话题,开始春波无痕地和她聊别的。

我又能怎么样?

其实,关于父母的事情,我早就预知会有人向我问起,于是曾经设想了很久很久,该使用如何一种表情来向问者讲述。沉郁的?黯淡的?思念的?怀想的?情不能已的?痛不欲生的?……最终,我选择了微笑,微笑变成了最适合我的交际语言。我为什么要在他们面前沉郁?为什么要在他们面前黯淡?为什么要在他们面前思念?为什么要在他们面前怀想?为什么要在他们面前情不能自己?为什么要在他们面前痛不欲生?这些只属于我自己。

又一次想起今年清明时,和姨妈们在一起相聚时的情景。

"昨天晚上,我梦见你妈向我要钱了。说实在是没钱,连买针的钱都没有。今儿,我就给她叠了这么大这么大一个元宝……"二姨妈边说边比划。

"我也给咱大姐送钱去了,"三姨妈也说,"我年年都给大姐送钱,可就是没有梦见过大姐,也不知道大姐是嫌钱少还是咋的?"

大家絮絮地谈笑着,仿佛亡魂们还鲜灵灵地生活着,仿佛我亲爱的父母一个正在院子里种菜,一个正在厨房里蒸馒头。仿佛他们在干完活后,悄悄地洗了洗手,在我们中间坐下,默默地吃着桌子上的油条和水果。一切一切,都是那么自然,温暖,和悦。仿佛生死之墙已经不留一砖一瓦,鸣响的只是蟋蟀和蔓草舒畅的合唱。

也许,至亲的亲人便是这样的吧。也许,至生的生活便是这样的吧。面对我们无力企及的隔世,我们由痛入肌骨到逐渐释然,我深信这个过程并不是肤浅,而是在这种无奈的事情上,时间已经教会了我们去

这样承受：

如果有时注定无法用悲哀拯救，那就让悲哀在内心里深掩；

如果有时真谛能够用笑容包含，那就让笑容在表情上呈现。

父亲的请帖

父亲一直是我们所惧怕的那种人，沉默、暴躁、独断、专横，除非遇到很重大的事情，否则一般很少和我们直言搭腔。日常生活里，常常都是由母亲为我们传达"圣旨"。若我们规规矩矩照着办也就罢了，如有一丝违拗，他就会大发雷霆，"龙颜"大怒，直到我们屈服为止。

父亲是爱我们的吗？ 有时候我会在心底里不由自主的偷偷疑问。他对我们到底是出于血缘之亲而不得不尽的责任和义务，还是有深井一样的爱而不习惯打开或者是根本不会打开？

我不知道。

和父亲的矛盾激化是在谈恋爱以后。

那是我第一次领着男友回家。从始至终，父亲一言不发。等到男友吃过饭告辞时，他却对他冷冷地说了一句：以后你不要再来了。

那时的我，可以忍耐一切，却不可以忍耐任何人去逼迫和轻视我的爱情。于是，我理直气壮的和父亲吵了个天翻地覆。——后来才知道，其实父亲对男友并没有什么成见，只是想要惯性的摆一摆未来岳父的架子和权威而已。可以说，在很大程度上，是我的激烈反应大大深化了矛盾，损伤了父亲的尊严。

"你滚！再也不要回来！"父亲大喊。

正是满世界疯跑的年龄，我可不怕滚。我简单的打点了一下自己的东西，便很英雄地摔门而去，住进了单位的单身宿舍。

这样一住，就是大半年。

深冬时节,男友向我求婚。我打电话和母亲商量。母亲急急地跑来了:"你爸不点头,怎么办?"

"他点不点头根本没关系。"我大义凛然,"是我结婚。"

"可你也是他的心头肉啊。"

"我可没听他这么说过。"

"怎么都像孩子似的!"母亲哭起来。

"那我回家。"我不忍了,"他肯吗?"

"我再劝劝他。"母亲慌慌的又赶回去。三天之后,再来看我时,神情更沮丧,"他还是不吐口。"

"可我们的日子都快要订了,请帖都准备好了。"

母亲只是一个劲儿的哭。难怪她伤心。爷儿俩,她谁的家也当不了。

"要不这样,我给爸发一个请帖吧。反正我礼到了。他随意。"最后,我这样决定。

一张大红的请帖上,我潇洒的签上了我和男友的名字。不知父亲看到会怎样,总之一定不会高兴吧。不过,我也算是尽力而为了。我自我安慰着,

婚期一天天临近,父亲仍然没有表示让我回家。母亲也渐渐打消了让我从家里嫁出去的梦想,开始把结婚用品一件件的往宿舍里给我送。偶尔坐下来,就只会发愁:父亲在怎样生闷气,亲戚们会怎样笑话,场面将怎样难堪……

婚期前一星期,下了一场大雪。第二天一早,我一打开门,便惊奇的发现我们这一排宿舍门口的雪被扫得干干净净。清爽的路面一直延伸到单位的大门外面。

一定是传达室的老师傅干的。我忙跑过去道谢。

"不是我。是一个老头儿,一大早就扫到咱单位门口了。问他名字,他怎么也不肯说。"

我跑到大门口,门口没有一个扫雪的人。我只看见,有一条清晰的路,通向着一个我最熟悉的方向——我的家。

从单位到我家,有两公里远。

沿着这条路,我走到了家门口。母亲看见我,居然愣了一愣:"怎么回来了?"

"爸爸给我下了一张请帖。"我笑道。

"不是你给你爸下的请帖吗?怎么变成了你爸给你下请帖?"母亲更加惊奇,"你爸还会下请帖?"

父亲就站在院子里,他不回头,也不答话,只是默默的、默默的掸着冬青树上的积雪。

我第一次发现,他的倔强原来是这么温柔。

最老的女生

"母亲是孩子最早的老师。"起初,一直刻板地信奉着这句名言。于是,上街时指示他不要乱丢纸屑,去做客时警告他不要拿别人的东西,在公园里告诉他不要踩踏草坪采摘鲜花,吃饭时不要对着餐桌咳嗽,喝水时不准把水含在嘴里咕嘟咕嘟吞吐着玩耍……在细枝末节处,我都像雷达一样密切地捕捉着他的所有举动,生怕他沾染上什么不良的顽疾。倒不是希望什么严师出高徒,不过怎么着也不能出个劣徒吧。我想。

三岁时,他上了幼儿园。视野开阔了,他会时不时地给我带回新鲜丰富的信息:谁和谁打架了,老师说谁的指甲长了,他和谁互相拽扣子了,谁抢谁的加餐了……和他有关系的,我自然不会放过训斥的机会,和他没关系的,我也要说长比圆借题发挥一下。我自认为还算是个聪明负责的老妈,没想到不久他就不怎么向我汇报了。放学回来,问他学什么,他就一句话:"什么也没学。"实在搪塞不过去了,就背一遍第一天就学了的那首"小青蛙,刮刮刮,小花鸭,嘎嘎嘎,小青蛙和小花鸭,两个小小歌唱家。"问他跟谁玩了,他依然是一句话:"没和谁玩。"而我去接他时,分明看见他和两个小女孩在一起全神贯注地搭积木。

我感觉他已经把我封闭到他的世界之外了。看着他在家里独自津津有味地玩耍,我察觉到了自己被排斥的危机。一次,在一本杂志上看到了一篇文章,叫《蹲下来看学生》,很受触动,我不由得问自己:是不是我太居高临下了? 是不是我也应当蹲下来去看看这个三岁的孩子?

我开始把自己想象成一个孩子,用孩子的姿态和他一起聊天、玩耍和做事,很快就有了收获。那天,他们学的是手工制作小纸杯,很多同学的纸杯都被老师拿出来展览了,却没有他的。他很不高兴。我也做出不高兴的样子,说:"妈妈今天真生气。""你怎么了? 老师也不喜欢你的纸杯么?"他问。在他的意识里,我大约也是应该有老师的吧。我顺着他的思路答道:"是呀。"他瞪大了双眼:"那为什么呀?"我拍拍他的肩膀:"因为我做的纸杯不好呀。今天晚上咱们俩回家再练练,明天一起交给老师,好不好? "他点点头。第二天,他的纸杯被老师补进了展台,他一见我就高兴地说:"妈妈,我的纸杯老师可喜欢了,你的呢? "

他开始经常地给我讲他的同学们,谁今天穿了红裙子,谁今天把饭洒了,谁说了脏话,事无巨细,认真详尽。偶尔也问我:"你们班也有严子欣么? "——严子欣是他班里的一个女生。

"有啊。"我说,"她的鼻涕拖得老长老长哩。"

他哈哈大笑。早上上班时他给了我一点卫生纸:"给你们班的严子欣擦擦鼻涕。"他说。

就这样,在他意识里,我成了他的一个同学,只不过不在一个学校而已。作为"同学"的我们,应该是平等的。可是,虽然明白这一点,有时候,我的成人意识还是会不自觉地冒出一点儿尖。有一次,老师布置家庭作业,让画绿芽。他画了许多茎在下绿芽在上的,然后我看见他笔锋

一转,开始画茎在上绿芽在下的。

"这些芽芽怎么在下面啊?"我不自觉地就想训他,想了想又忍住了,换作了讨教的口气。

"柳树的芽芽就是朝下的。"他说,"还有咱们家的吊草。"

我无话可说。说真的,我没有想到这一点。我只以为那是一个孩子任性的涂抹,却没有想到这是一个自己忽略的常景。我忽然想起以前他画过的那些黑色的鸡蛋和蓝色的月亮,这些色彩都受到过我无情的责备,可难道它们真的是不存在的么?我这颗粗疏狭隘的心,究竟伤害了他多少宝贵的创意和灵动的表达呢?

我忽然明白,我应该蹲下来看孩子,并不是因为我就比他高。其实在很多时候,成人都是在自以为高。

我由表及里地深入了我的角色,我们成了越来越好的朋友。我们互相学习着,彼此关怀着,共同成长着。真的,我们真的是这么同步生活着的。当然,作为成人,我在生活上对他的照顾要多一些,但是也并不是完全地单方面的给予,他也常常用自己的方式和力量疼爱着我。有一次,我不小心用刀子划破了手指,每天放学,他见到我的第一句话就是:"妈妈,你的手还疼么?还流血么?"还有一次,我头疼失眠,他提出要哄我睡觉。于是,我硕大的脑袋轻轻地拱在他的怀里,他一只手拍着我,一只手伸出来数着手指头:"大拇指睡觉了,二拇指睡觉了,高个子睡觉了,你睡了,我睡了,大家都睡了……"在幼儿园里,老师大约就是唱着这样的歌谣催他们入眠的吧。现在,年近三十的我在这样特殊的待遇面前,惬意得无法自持。

"在儿子面前,你越来越像一个孩子了。"爱人曾经这样笑我。

是的,在孩子面前,我就是想这么活下去,除非遇到特别原则的事情让我不得不回归到成人的社会规律中,我是不会放弃这个可爱的角色的。我们疯、闹、游戏、怄气、撒娇,做这一切时,都是互相的。我不会再有童年了,这个重温童年的机会是孩子给我的,我会珍惜它,在这个童年里，我会让自己和他活得一样透明，一样晶莹，一样健康，一样天真。我要真正地和他呆在同一个世界里，从他的视线里去欣赏风景，从他的忧伤中去谛听雨声，从他的困惑里去质询一切，从他的惊喜里去亲吻天使的笑容。

我深信我的这种行为，于他而言不是放纵，于我而言不是低能，于他未来的教育而言也并没有违背初衷：作为朋友，他更懂得爱我，也更理解和接受我的爱；作为朋友，我可以沿着自然而然的渠道去引导他走得更好；作为朋友，我们共享了他只此一次的童年的甘甜。

何乐而不为呢？

夫妻如果不是对方的朋友，那不会是一桩美满的婚姻；老师如果不是学生的朋友，他不会是一个称职的老师。同样，我觉得，父母如果不是孩子的朋友，也一定不会是合格的父母。——令人遗憾的是，同时也是不懂得如何在辛苦的操劳中为自己收集幸福的父母。

我不想做这样的人。我真希望自己在孩子的眼里，永远有资格成为他的朋友，成为他班上的一名女生，——一名年龄最老的然而是最亲密的女生，我会为此感到莫大的荣幸。

地上掉下了一块天

金秋时节，大街的水果摊上常常可以看到待售的葵花瓜盘灿烂的笑脸。我知道，这是真正天然的绿色食品，一般都是本地的农户在院子里种植的，收获之后随便卖给收集的小贩们，成几个小钱。小贩们再抬抬价，把它们卖出去。每当看到这些漂亮的瓜盘时，我都会不由自主地停下脚步，在密如蜂窝的瓜盘前久久流连。我喜欢瓜子们聚在母亲怀里这种热闹而欢欣的情形。

"妈妈，这是什么东西？"儿子问。

"是葵花瓜盘。你不是喜欢吃洽洽瓜子么？葵花就是瓜子的妈妈。你看，她生了多少小瓜子啊。"

"这都是葵花妈妈生的么？"儿子的神情似乎也很吃惊。

"是的。"

"真多！"他感叹，然后把脸转向我，"妈妈，你也是妈妈，你能生这么多小孩子么？"

卖水果的妇人和我一同大笑。"妈妈不如葵花妈妈，妈妈不行。"我很惭愧地说，然后买了一个瓜盘给他拿着，一路上告诉他：葵花有着怎样的颜色，葵花有着多么大的花瓣，葵花的花瓣怎样一天到晚地跟着太阳旋转，所以她又叫"向日葵"……

"葵花为什么要跟着太阳啊？"

"因为她喜欢太阳啊。"

"那太阳喜欢她么？"

"当然喜欢了。"

两天之后，我正做着中餐，突然发现酱油没了，急着要去百货店买，他缠着要跟我去。如果带着他，我就会格外注意安全问题，车速就会慢很多。"在家好好玩，妈妈马上回来。"我说。

"不。"他犟。

"别烦我。"

"妈妈，"他拽着我的车架，"我是葵花，我要跟着妈妈。"

我不由得怔了，抱着他上了车。我知道我不是太阳，我配不上他那么美好的比喻。但是，我不能不被孩子的话打动，被他充满创意的表达征服。

还有一次，他鼻子出了血，我用棉球给他擦拭干净后，要他平躺一会儿，他耐不住性子，想要起来玩。为了防止再出血，我便用棉球塞住了他那个出过血的鼻孔。

"妈妈，看不见了。"没走两步，他便说。

"又没蒙你的眼睛,怎么看不见?"

"这个鼻子看不见了。"他说。

"谁都看不见鼻子。"我说。

"不是我看鼻子,是鼻子自己看不见了。"他进一步强调。我忽然明白了,在他的意识里,鼻孔不是呼吸的通道,而是鼻子的"眼睛"。所以,当鼻孔被棉球塞住的时候,鼻子就看不见了。这好似多么新奇的逻辑啊。

春节放鞭炮的时候,也曾有过被他的想象打动的瞬间。他看着绚丽的花炮在夜空中绽放,旋转,消逝,问我:"妈妈,那些花都到哪里去了?"

"你说呢?"我知道我不能说没有了,那不符合孩子想象中的事实。在孩子眼里,所有的东西都是有地方的,有归宿的,有家的,甚至都是有爸爸妈妈的。——所有的东西都和他们自己一样,应该有着自己的一切。

"上天了。"他说。

"上天干什么了?"

"变成星星了。"

"它们为什么要变成星星啊?"

"因为它们的爸爸妈妈也都是星星。"

我抬头望着晶蓝的夜空,突然觉得孩子一点儿也不可笑,而且也不仅仅是可爱。他的话有一种与科学范畴无关的真实。这种真实出自孩子泉水一样的心地,这是一种多么珍贵的真实啊。想到再现在蜂拥而出的那么多少年作家,大约也并不完全是媒体和书商炒作的结果吧。因为,仅就对这个世界的新鲜感触度和丰沛想象力而言,每个孩子确实都是一个潜伏的作家。他们怀抱着最纯净的好奇和最诚挚的问候对待着一切事物,乘着想象的翅膀腾空而起,越飞越高,像一条抛物线,在某个时期到达顶点,完美绽放。

——然后，慢慢滑落，凋零，甚至，完全消失，像很多很多人一样。或者，就像我们自己。

如果注定这只是一种暂时的风景，那就趁着现在好好欣赏吧。我这么对自己说。因为，这种风景，就是奇迹。这种欣赏，就是享受。儿子曾经指着一片小水洼里蓝天的倒影对我："妈妈，地上掉下了一块天。"——孩子的这个时期，就是地上掉下的一块天，而孩子就是一个小天使，可以让灵性的语言随意跨越这个陌陌尘世。跟在孩子的翅膀后，我们或许有幸能做个老天使呢。

最沉重的土豆丝

朋友曾经对我讲述这样一个关于她自己的故事：

我是一个独生女，父母都是高级知识分子。也许是望女成凤吧，他们从小就对我十分严厉。虽然在生活上不亏待我一点儿，但是在思想上却很少和我交流，在学习上更是高压管制，从不放松。当时就觉得他们很残酷，现在才明白，他们和其他盲目溺爱孩子的父母没什么两样，只不过溺爱的方式不同而已。

我十分孤独。所以从开始学习写作文起，我就养成了写日记的习惯。每天晚上做完功课上之后，我都要尽情地在日记上倾吐我的酸甜苦辣和我的秘密心情。日记，成了我最要好的朋友。

在这种状况下，我考上了我们市的重点高中。学校离家很远，为了节省往返的时间，我每天早上都带着午餐去上学，中午在学校里把饭盒一热，就在教室里吃。带午餐的同学还挺多，大家免不了会在一起"交流"，要是觉得哪个同学带的什么菜好，我就会在日记里提上一笔，有时有人夸我带的菜，我也会顺手写上两句。开始还没留意，后来，我慢慢发现，凡是我在日记里记过的那些味道不错的好菜，隔上一两天，妈妈就会让它们出现我的饭盒里。

莫非他们偷看了我的日记？我不愿意相信。在这之前，我从没想过这个问题。我的日记本就在抽屉里放着，我从没有上过锁。我丝毫没有怀疑过父母，他们一个是工程师，一个是编辑，那么温文尔雅，风度翩翩，他们怎么会这么做呢？

但是，我不愿意看到的事情还是发生了。我发现日记里的书签好几次被动了地方——对这种细节，青春期的我有着一种异乎寻常的敏感。可是我还是没有贸然出击，我想了一个花招儿。那天晚上，我在日记里写道："中午，大家在教室里吃各自带的盒饭，张伟丽带的是土豆丝，是用青椒丝和肉丝拌着炒的，脆脆的，麻麻的，真香！张伟丽的妈妈真好！张伟丽真幸福！"

第三天早上，我打开饭盒，扑入眼帘的便是青椒丝和肉丝拌着炒出来的香喷喷的土豆丝！我愤怒极了，当即就把饭盒扣到了地上。妈妈吓愣了，呆呆地看着我。我冷冷地说："你们是不是看了我的日记？"妈妈说不出话来。爸爸走过来说："就是看了日记又怎么样？你也不能这样对待你妈妈！"我叫道："那你们是怎么对待我的？你们知不知道你们这种行为有多么不道德！多么卑鄙！"

说完我就冲出了门，在大街上逛了一天。那是我第一次逃学。我忽然发现这个世界实在是令我失望：连父母都不值得信任，生命还有什么意义？连生命都没有什么意义了，那么学习呀、成绩呀、高考呀、前途呀等等这些附属品更不值一提。现在想起来似乎难以置信，但是我确实就是这样钻进了牛角尖里，开始了严重的心理封锁和自我幽闭。

往后的事情愈发不可收拾：我成了那个时候少有的"问题少女"，被学校建议休学一年。就那么守在家里，和父母几乎不搭腔。他们想和我说话，我也不理他们，只是把自己关在房里胡思乱想。休学之后，也是无处可去，那时候心理医生和心理诊所还是个许多人闻所未闻的新鲜名词。我就几次甚至差点儿割腕自杀，只是因为勇气不足而临阵退却

了。过了一段时间，爸爸给我办了一张图书馆的借书证，我就开始去外面看书。就这样，我熬过了漫长的一年——现在想来，能熬过那一年，还真亏了那些书呢。

这之后，我又到一所普通高中复读，高中毕业又上大学，大学毕业后顺理成章地参加了工作。不知不觉间，我的生活又步入正轨。唱歌、跳舞、交朋友，成了一名平凡而快乐的年轻人，以前的阴影似乎淡淡隐去了。

二十四岁生日那天，妈妈做了很多菜——二十四岁是本命年，父母相当重视。其中一道菜就是土豆丝。看到土豆丝，我一下子又想起了旧事，便以开玩笑的口气对他们回忆起我当时的糟糕状况，没想到父母当时就都哭了。妈妈说："你知道这些年来我是怎么过来的吗？看到一盒土豆丝把你弄成了那样，给你承认错误，聊聊天，谈谈心什么的，你都不让。我真是连死的心思都有啊！"

我震惊极了。我从没有想到那盒土豆丝居然在父母的心上也压了这么多年，并且膨胀成了沉重的千斤担，而且他们负载的是自己和女儿的双重痛苦。当年他们固然有错，但从本意上讲，他们也是为了我好。他们虽然是父母，可也并不是圣人。他们也有犯错误的权利，也有在人生中学习的权利。他们也像我一样，是个会受委屈的"孩子"，需要在犯错误和学习的过程中得到理解和宽容。

此时，我终于明白了，也许我们对待父母最公正的态度，就是用成人的态度而不是孩子的态度，只有这样，我们才可能与他们平等地进行沟通和交流，才能设身处地地理解他们和尊重他们。

"父母的爱虽然不能理解我们，但它仍然是我们生命中最重要最宝贵的财富！这是奥地利诗人里尔克的话"。朋友最后说，"而我想说的却是：如果父母的爱能够理解我们，我们的爱也能够理解父母，那么这两种爱便可以融会成我们生命中最重要、最宝贵也最美好恒久的财富。"

天 堂 伞

1997 年夏天,我在北京打工,恰逢一个朋友去国外探亲,想要有个放心的人看着房子,而我所在的单位住房条件又十分紧张,我们一拍即合,我便暂住到了她家里。

她的房子在二环以内,位置很好,社区里的公益设施也都很齐备。离我的住处不远就有一个街心小公园,里面有草坪、长凳、石桌、乒乓球台,贴满科技宣传画的艺术游廊以及儿童玩的滑梯、摇马和秋千等,周围种满了绿树和鲜花,景色宜人。每次路过这里,我都会看到许多老人和孩子在里面散心和玩耍,我也常常在这里逗留一会儿,让自己放松一下。

渐渐地,我注意到了一个小男孩,有四五岁的样子,他长得很漂亮,光洁的小脸,长长的睫毛,大大的眼睛像两颗纯黑的宝石。奇怪的是,他没有同龄男孩子们的那种淘气和顽皮。他总是一个人静静地坐在石凳上,要么呆呆地看着别的孩子玩耍,要么就单调地翻着一本破旧的画册。没有人和他说话,他也从不和别人说话,像一尊彩色的小雕像。

我对他充满了好奇。他到底怎么了?我真想知道,可是我从来没敢上前去问,我怕自己会以可能不合适的方式打扰他。一直到有一天,我买了一些桃子,刚走到他的身边,装桃子的方便袋突然裂了口,桃子滚落了一地。我正手忙脚乱地收拾着,他也起身开始帮我捡。后来,我们的手不约而同地都去捡同一个桃子,头碰在了一起。我们都笑了。

"谢谢。"我说。

他没说话,只是笑着看着我。

我递给他几个桃子:"喜欢吗? 记着洗洗再吃。"

他摇摇头。

"吃吧,挺甜的,爸爸妈妈不会骂你的。"我说。

他仍旧摇着头。

"你别跟他费劲了。"突然走过来一个五十多岁的胖妇人,"他是个聋子。"

我怔住了。许久我才把脸转向她,"真的?"

"我骗你干吗?"胖妇人对我的怀疑很不满。

"就是真的, 请您以后也别当着孩子的面儿说,让他听着多不好……"

"他听不见。"

我咬咬嘴唇。是的,他听不见,这是一个残酷的事实。面对这样残酷的事实,人们甚至懒得掩盖得委婉和温柔一点儿。

"他怎么会……听不见?"我迟疑着,终究吐不出那个"聋"字。

"听说是一岁时吃药吃坏了。"

"他父母呢?"

"离婚了。爸爸早就另娶了,妈妈为了给他赚钱治病,去美国闯荡了,就把他托给了我。"

"您是他什么人?"

"什么人也不是。"她说,"退休了没事干,闲着也是闲着,找个事情做做,就是看着他,再让他吃饱穿暖就行了。"

我明白了。

我蹲下身,看着这个小小的孩子,凄楚和酸涩在心里如潮涌起。他还是个孩子。我在内心喃喃地对自己说,可是上帝无情地剥夺了他倾听的权力。说相声、品京戏、唱儿歌、吟唐诗……一切有关声音的美好享受都和他没有一点儿关系,甚至连父母的疼爱对他都已经成为一种难得的奢侈。怎么会这样?为什么会这样?而此时的他,始终无邪地朝我笑着,在我专注的目光下似乎还有些腼腆。

"我可以带他玩一会儿吗?"我问胖妇人。

"随便，不过可别出这个园子。"她说。

我抱起他来到冷饮摊前，给他买了一支最好的雪糕，然后沿着园中的小径缓缓散步。我告诉他什么是草，什么是花，什么是小鸟，什么是土地……我真想让他什么都知道！——其实，他也真的什么都知道。因为，他什么都能够看见。他不知道的，只是名字。

他叫嘟嘟。后来，每天下班路过这里，我都要陪他玩一会儿。他一看到我就会飞快地跑上来，撒着娇让我抱。然后就比划着告诉我他今天发现的新鲜事情：一群小蚂蚁又搬家了；一朵月季花又打苞了；一只尾巴很长的鸟儿在梧桐树上停了很长时间……他实在是个寂寞的孩子，那么急切地盼望着倾诉和交流。我也会对他讲一些简单的事情：雍和宫大街又堵车了，车队排得很远；在一辆公共汽车上碰上了小偷，便衣警察把他抓了；两个妇女不知为什么，叉着腰在大街上骂架……我的描述和模仿常常逗得他乐不可支。我还给他买了几本新画册，每次都给他讲上一些。——我想尽最大的努力让他感受到自然的多种乐趣和人生的丰富意味，而他快速的领悟和流畅的表达也常常令我既辛酸又安慰。我甚至暗暗打算抽时间去学一学手语，学会后再教他，让我们之间适应一种规范而恒久的语言秩序，这样设想的时候，我仿佛觉得他就是我与生俱来的一个亲人，今生今世也不会分离。

一次，看画册的时候，有一页是伞，他马上指着路边打着遮阳伞的女孩子看着我，我告诉他，伞不仅可以挡住阳光，也可以阻隔风雨。他会意地点点头，并且告诉我他也有一把伞，第二天下午下班时分，天刚好下起了雨，我没有带伞，下了车便飞跑起来，路过小公园的时候，听到一个女人叫我。回头一看，原来是那个胖妇人，她领着嘟嘟呆坐在公园的小亭子里，我吃惊地问道："你们怎么在这里？"

"他非要给你送伞，哭闹个不停，我只好带他出来。"妇女的脸上呈现出少有的柔和神情，"你疼他，他也疼你，还挺精呢。"

我抱起他，和他脸贴着脸，眼睛湿润了，我向胖妇人询问了门牌号

码,让她先回了家,然后,我们俩在雨中玩了起来。我们用手接着一串串的雨水,欣赏着雨珠在美人蕉的绿叶上舞蹈,看着微风刮起一阵阵缥缈如纱的雨雾……我们也打着伞在雨中悠悠漫步,那是一把小小的儿童伞,对我来说简直像是一顶大草帽。所以我只用伞护着他,直到雨把我的衣衫湿透。

我们就这样一点一点亲密起来,每天我们都要看见彼此心里才会踏实。有一次,单位派我出了趟短差,尽管事先对他讲过,可是等三天之后他一见到我,就拼命地扑了上来,仿佛我们已经别离了一个世纪那么遥远。我抚摸着他柔软的黑发,听任他的小脸轻轻蹭着我的脸庞,忽然无比真切地相信:我们已经成为彼此心灵中的朋友。这个小得令我心颤的孩子,在这个浮躁繁华的大都市里,已经成为我最深的牵挂。

夏去秋至,一天,他喜悦地告诉我:妈妈就要回来了。过了两天,下班的时候,我果然看见一个三十岁左右的少妇在带着他玩耍,上前询问,果然是他的妈妈,少妇笑道:"他说你是他最好的朋友,谢谢你这么关照他。"

"不,我们是互相关照。"我说。然后我把那天他给我送伞的事情讲给她听,少妇的泪水流下来:"其实,嘟嘟是个非常聪明非常懂事的孩子,他……"

"我知道。"我轻轻地说。

她告诉我,她准备带他去美国看病,因为不是先天性的,据说西雅图有一家医院对这类病深有研究,即使不行,去试试也算一次机会,并说很快就会动身。我们说话的时候,嘟嘟急切地让我们一句句都转述给他,一听到说去美国,他马上比划着问:"美国有多远?"我告诉他:"很远很远。"他又问我去不去,我摇摇头。他拉着我恳求起来,一副不依不饶的样子,直到我答应,他才放手。

临走前一天,我们最后一次在小公园里见面。我把自己佩戴多年的吉祥玉坠给他戴到脖子上,祝福他能如愿康复。紧紧地抱着他,我哭了,而他依然灿烂地笑着,一遍遍地叮嘱着让我也赶快去,他在那里等我,我告诉他妈妈,不论病治疗得如何,都一定要把情况告诉我,她答应了。

第二天,碧空如洗,群鸽高翔。每每听到飞机的声响,我都默默祈祷:愿上帝能垂怜这个孩子!

很快,两个月过去了,正当我焦虑惦念的时候,忽然收到了美国寄来的包裹单。一种不祥的预感顿时笼罩了我。我取出包裹,一走出邮局门口便迫不及待地坐在台阶上拆封。这是一个长方形的纸盒子,打开,盒子壁上贴满了嘟嘟的照片,盒子里面,静静地卧着那把小伞,伞下压着一封短信:

"亲爱的朋友:曾经拥有嘟嘟,也许是我们共同的欢乐和痛苦——嘟嘟已经于一个星期以前,永远地离开了这个世界。那天,天下着小雨,我正拉着他准备过大街,他突然挣脱我的手向街对面跑去,路面太滑,车在一瞬间刹不住,他又听不到鸣笛声……那是噩梦般的一刻,后来,我想可能是因为街对面有一个穿红衣服的女孩子,没有打伞,背影很像你,他以为是你已经来了,想去给你送伞,他多次对我讲过,说你是个下雨天不知道打伞的女孩。

不,我没有怪你,你在他心中种植的是爱。他是怀着别人对他的爱和他对别人的爱离去的,他还带着你送他的玉坠去了天堂。他是幸福的。

这些照片和这把伞,我替他送给你,他一定会高兴的。"

署名是"嘟嘟永远的妈妈"。

我坐在台阶上,在人来人往的波流中,如一块已经凝固的石头,我泪倾如雨,却哭不出一点儿声来。为什么会是这样?我不明白。在蒙眬的视线中,我轻轻地抚摸着这把小伞,如同抚摸着嘟嘟温暖的呼吸。突然,在淡黄色的伞柄上,我看见了这把伞的产地是杭州,品牌是"天堂"。啊,天堂伞!是这把伞,带他去了天堂,也让他留下了一个天堂……

"天堂里有没有车来车往……"我的脑海里浮现出一首歌的旋律。不,天堂里一定没有车来车往。那么,天堂里会下雨吗? 不,也一定不会有雨。晴朗的天和平安的路以及所有美妙绝伦的仙乐,都将伴着我亲爱的小朋友自由前行。

雨,只在人间。

为爱停留

一个雨夜,和爱人坐在屋里聊天。听着"大珠小珠落玉盘"似的雨声,说着有一句没一句的闲话,我忽然觉得此刻的时间有一种浸透心神的美。看着钟表上的指针如马蹄踏花般嗒嗒地驶过,我忍不住叹道:"时间,请你为爱而停留!"

爱人笑了。

"你笑什么?"我问。我想他大概又在笑我的书呆子气。

"我笑你不明白,"爱人说,"其实时间已经在为爱停留了。"

我不解地看着他。

"你还记得我们第一次见面时的情景吗? 你穿着一身绿裙子,头发那么长……"

"当然记得。你穿着一双旧拖鞋,拿着一副乒乓球拍。"

"就是这样。"爱人说,"很多事情你都可能忘记,但是像这样的事情一辈子都会在我们的脑海里。你什么时候想起来,时间就会什么时候在你眼前倒流。你愿意想多少遍,那一天就会出现多少遍。你能说,时间没有为爱停留吗?"

"可是,那不是真的。那不过是我们的记忆。"

"只要是记忆,就一定是真实的。任何事情都必将会变成记忆,换句话说,记忆当然也可以意味着任何事情。"

我垂首而笑。爱人的话颇有些哲人的味道呢,不过细细想来,仿佛也确是如此。

"遗憾的是,从这个意义上讲,时间也在为痛苦的事情停留。"我又说。

"不错。因为时间是你自己的,你想让它为什么停留,它就为什么停留。但是,你想,人生是这么短,为爱停留尚且觉得不够用,让它为痛苦停留到底值不值得?"爱人缓缓地说,"如果一定有一些痛苦的事情不能忘却,那也应当把它划归到爱的大范畴里面。因为,它为我们更清晰地映衬了爱的存在。可以让我们更好地去珍重爱。"

我无语。抬头看着爱人的眼睛,里面有两个小小的我,正在微笑着停留。

哈提雅的第二十八个馅饼

天上不会掉下馅饼。在碰到哈提雅之前,我是一直信奉这句话的。

2004年秋天,我随着河南作家代表团去西部采风。先到甘肃,在丝绸之路上徜徉了几天,然后从敦煌坐火车到吐鲁番。在吐鲁番下了火车,第一站并不是举世闻名的葡萄园,而是高昌故城。

早就听说过高昌故城。这座拥有一千四百年历史的城池位于火焰山前的开阔平原地带,海拔高度在零下四十米左右,是木头沟河水浇灌出来的绿洲,因地势高敞人庶昌盛而得名。高僧玄奘西天求佛法途经高昌,高昌王优礼殊厚,这是早在唐朝时期就已有的言之凿凿的历史记载。

如今的高昌故城已然是一片巨大的废墟了,不然也不会叫做故城。下了旅游车,在等着导游买票的工夫,我便站在简陋的入口处向里张望。远远地看见一堆一堆黄土的轮廓,简直都有些迫不及待了。

　　"阿姨。"有人拽我的衣襟。我皱皱眉。今天穿了一件白色的衣服，很不耐脏的。

　　回头，我看见一个典型的维族小姑娘，高高的鼻子，深陷的欧式眼窝，长长的睫毛，黄色的纱裙外罩着一件玫红色的小坎儿，镶着珠片的黑色小帽，手里拎着一串铃铛做的饰物。噢，她是向我兜售东西来了。我对她摇摇手。

　　"阿姨。"她又叫。

　　"什么事？"我只好搭腔。

　　"你是第一次来这里吧？"她的普通话很生硬。到了新疆才知道，电视小品里说的维族普通话并不夸张。

　　"是。"

　　"喜欢吗？"

　　"喜欢。"

　　"你是老师吗？"

　　"我当过老师。"我有点儿惊诧。我有过四年的乡村教书的历史，可她怎么能看出来？

　　"你一看就像老师，像好人。"她甜甜的小嘴很跟得上，我不禁失笑。大约是看我的长相吧？朋友曾开玩笑说我长着一副贤妻良母的外貌。贤妻良母＝老师＝好人？有趣的逻辑。不过话说回来，这倒是一种朴实的赞美。

　　"你很漂亮。"她继续进攻。停车场又进来一辆豪华大巴，她怎么还黏着我做无效劳动啊？我都有些替她着急了。心想干脆买一个，让她省了我这头儿。

　　"你的东西怎么卖？"我问。

　　她解下一个，递给我："给你。"

　　"多少钱？"

　　"不要钱。"

"什么？"

"不要钱。"

开什么玩笑？在旅游区卖东西不要钱，送得过来吗？我不理她，径直去掏钱包。她拦住我，态度很认真的："真的不要钱。"

"那我也不要。"我也很干脆地说。不要钱从另一个意义上讲就是最贵的。这么没谱儿的事情，我不做。

导游已经在招呼大家了。我随着队伍进去，朝她挥挥手。

坐上花枝招展的毛驴车，我们尘土飞扬地进到城池深处，玩了两个多小时意犹未尽地走出来，我一眼就看见了那个小姑娘。她就在出口处站着呢。立马就跟上了我。

"毛驴车没墩着你吧？"

"没有。谢谢。"

"给你。"她又来了。

我仍然没要。当然不能要。沿着周围的小摊走了一圈，我了解了一下这种铃铛的价格，要价最高的是五元。于是，当她再次递给我的时候，我把五元钱递给她。

"不要钱，不要钱。"她着急地说，"送你的，送你的。"

"送我？为什么？"

"因为你是老师，好人。"

我笑。但说实话，我不相信自己会有这么好的运气。古今中外都有智者教育我们：天上不会掉馅饼，所以，我不相信这个五元钱的馅饼。——不，还不值五元钱。说到底，这不过是一种比较有人情味的销售方式：你免费送我东西，我过意不去，一定要给你钱。于是，皆大欢喜。柔软的绸缎下，包裹的还是冰凉的人民币。

"你不要怕，我真的不要钱，真的。"她耐心地劝说着我，"我经常送东西给我喜欢的客人，今天选的就是你。"

怕？我怕什么？还怕你个小丫头不成？我接过去那个铃铛。银色的

吊坠上刻着一只玲珑的老鼠。我正好就是属鼠的。她看出了我的疑惑，指指我的胸前。我戴着甘肃朋友送的一个鼠头木制项链。这个鬼灵精！

"好，我收下了。"我说，我打定主意，等上车之后把钱从车窗递给她。

我和她合了影，答应把照片寄给她。然后我去买丝巾，她依然跟着我，告诉我说什么样的丝巾才算是好东西，我按照她的建议买了两条。买完导游就开始催促上车，我上了车，她就站在我的车窗外。也不知道该说些什么，我们就只是相对傻笑。

车开动了，我和她在车窗处依依惜别。我握住她有些脏脏的小手，把钱也握过去。她一怔，明白了。泪水一瞬间从她的眼眶里涌出来。

"不要！老师！不要！老师！"她举着钱喊。然后她奔跑起来，跟着我们的车。车轮喷吐出的灰尘涤荡着她的小脸，很快把她的泪痕遮盖起来，然而更多的泪又冲下去，她的脸上很快就变得模糊一片。

司机把车停下来，全车上的人都看着我。我艰难地把脸转向她。我承认，在看到她泪水的那一刻我就开始后悔了，后悔且惭愧。

我走下车，接过她手里的钱。她笑了，满是灰尘的小脸笑得像一朵淡黄色的雏菊。

"你必须告诉我，你喜欢什么？回家之后我也要寄礼物给你。"我说。

她推却了半天，直到我以不要铃铛威胁她，才羞涩地告诉我，她喜欢文具和书。在我的要求下，她找了一个烟盒，在背面写上了她的地址：新疆吐鲁番市 XX 乡 XX 村 XX 街 XX 号 哈提雅（收）。然后看到她郑重地写着带括号的收字，我又有些想乐。她以为我不知道该怎么写吗？可爱的孩子。

从新疆回来，我去影楼洗好了照片，到书店买了一套童话集，在文具店买了一些文具，打成包裹，想去邮寄的时候却发现哈提雅给我写的地址却怎么也找不到了。最后我还是把包裹寄了出去，包裹上的地址是：新疆 吐鲁番 高昌故城 哈提雅（收）。我能记住的只有这些了，我也知道她收到的希望不大。但无论如何，我是尽了心。我不想让惭愧在心中扎下根来，继续这样惭愧下去，未免也是我的心理负担。

一个月之后，我收到了一大包葡萄干，还有哈提雅的一封信。信很短。

"阿姨，谢谢你的礼物。我很高兴。听很多人告诉我说有个包裹给我，跑了好多家才找到包裹单。我知道你是个好人。我送的铃铛有二十八个，你是第一个给我寄礼物的人。你知道吗？你长得真的很像我的汉族老师。她去年来我们这里当志愿者，非常支持我们上学。后来她走了。她走了以后，我就不再上学了。我想我再也见不到她了。我很想她。我喜欢读书。我会好好读书的。我想，只要我好好读书，长大以后我就可以成为一个有文化的人，就有机会离开高昌，去看看外面的大世界，像阿姨那样。"

读着信，我呆住了。我忽然明白了她为什么一定要送我礼物，为什么要把老师当作鉴定好人的标准，为什么要在窗外哭着喊"不要！老师！"……原来对于她，我什么都不知道：她几岁？为什么年龄小小就在外面做生意？为什么没有机会上学？喜欢读什么书？有什么梦想？呵，一个真心真意送我东西的女孩子，我却没有任何诚意去关心她：怀疑她送我的礼物的动机，要她的礼物像是对她的恩赐，给她寄礼物只是不想让自己有亏欠的感觉……我只是为了我自己。她给我的，确实是一块香醇的馅饼。这块馅饼是她和她的汉族志愿者老师共同做的，我只是一个享用者。但是我把这块馅饼糟蹋了。我配不起她的感谢，更没有资格做她努力的目标：像阿姨那样。像我这样？她要像我这样？像我这样冷漠？戒备？迟钝？像我这样习惯了敷衍，习惯了功利，无论对于什么？

不要。不要像我。哈提雅，请不要像我，还有我们。你送礼物的这二十八个，那二十七个，都是怎么想的呢？都是怎么看待你的礼物的呢？

在他们的意识里,大约也都认为自己是经遍世事的聪明人吧?平生第一次,我开始为自己一向得意的所谓智慧和经验而自卑起来。我方才发现:虽然我四处游历,但我心舌的嗅觉已经逐渐荒芜成为一座巨大的废墟,如高昌故城。而她虽然守着高昌故城,但她小小的心啊,却是一片纯美碧青的无垠草场。

当然,我知道自己也做不了什么,为哈提雅。我又给她寄了一些书,写了一封信,告诉她:葡萄干很甜,我的书还有很多。如果她因为经济原因上不了学,我可以提供一些力所能及的帮助。我很荣幸和她做朋友。

是的,亲爱的哈提雅,我真的很荣幸和你做朋友,因为你以自己都不知道的方式让我品尝了世界上最美味的馅饼——这第二十八个馅饼。跟随着你的馅饼,我灵魂里那些冬眠的味蕾,开始一颗一颗苏醒。

情感的小金库

这是一个危险的题目。但是我不愿意去逃避。

总是觉得有很多情感是不可以命名的。她不是爱情,不是友情,不是亲情,不是温情,不是忘情,不是深情,不是同情,不是恩情,不是一见钟情,亦不是那些所谓的人之常情。但是她就是那么在我的生活中存在着,让我无法忽略,也无法忘记。

比如一个早上,我正骑着自行车走在上班的路上,车链忽然微微一松,掉了下来。我下了车,怎么弄都弄不上。眼看就要迟到了,身后有个男孩子一声不响地停下来,默默地帮我弄好。看着他平淡的表情,我本来想要道声"谢谢"的,忽然又觉得没有必要了。仿佛是相处多年的邻居,说什么都显得外气,于是就只有沉默。等他消失在街道的拐角,心里才有了一丝淡淡的遗憾——因为不知道他的姓名。可是这点遗憾很快也就烟消云散了——因为我莫名其妙地相信以后一定还会碰到他。

这是什么情感呢？

再比如一个下午，忽然接到了一个旧日学友的电话，约我到公共汽车站见一面——他出差路过这里。我连忙放下电话，急急地赶去，远远地就看见他站在公共汽车站的大门口，站在那些公共汽车扬出的此起彼伏的灰尘中，灰尘轻轻地荡了他一头一脸，而他似乎却浑然不觉。就这么远远地看着他，辛酸的感觉慢慢地深深地浸透了我的肺腑，仿佛在这一瞬间我就知晓了他这些年所有的沧桑。见过之后，我们坐在候车大厅的椅子上，相顾沉默了许久。其实我们在学校时就只是很一般的朋友，一个学期都说不了几句话的。现在相隔多年，一时间更是无从谈起了，但是我们还都是那么固执地坐在那里。我不肯找个借口离开，他也不肯找个理由分手。我们在坚持什么？我们在等待什么？那些过去的时光——在眼前浮现的时候，我们心灵的焊接点又在哪里？

可我们管不了那么多了，我们不想去辨析什么。我们只想守住此刻的沉默。在嘈杂喧嚣的公共汽车站，我们这两个曾经共乘过一辆车的人，似乎只想依靠着彼此去重现青春最后的光华和温暖。

这是什么情感呢？

记忆里还有一个晚上。我正躺在床上看电视，电话铃忽然响了起来。拿起话筒，聊了几句，才知道打错了。等对方道过了歉，我却还是愣愣地握着话筒，对方似乎也觉察到了什么，又问道："你还有什么话说吗？"

"没有。我只是觉得你的声音很熟悉。好像我以前在哪里听到过，而且不止一次。"我说。

"我也是这么觉得的。"对方居然也很认真地说。

于是我们便共同回忆起来。是在哪一个商店里？还是在哪一次会议上？是在哪一位朋友家？还是在哪一条大街上？我们想遍了我们能够想到的所有场合和所有地方，记忆和感觉却总是不能吻合。后来我们

不得不承认,我们确实是刚刚才认识。但是在刚刚认识的过程中,我已经觉得我们能够达到的相知程度和最好的朋友也没有什么差别了。

然而一直聊到说"再见",我们也没有问彼此的姓名。既随缘来,也随缘散,任缘聚缘散缘如水吧。

这又是一种什么情感呢?

还曾经在帮大街上一位农妇推平板车时流过泪,但绝不是为农妇流的。亦曾经在辅导小侄女做作业时悲哀过,但这种悲哀也绝不是为了小侄女。更曾经无数次地想在为年迈的祖母洗脚时亲吻一下她的小脚,却又怕吓坏了她老人家……这些感情,我自己真的无法为之定位,也真的弄不明白。我不清楚她们是什么,但是我无比真切地触摸到了她们的存在。

这些情感,到底是什么呢?

因为不知道她们是什么,所以我从来不对别人讲。我知道这不能对别人讲——这个世界上的明白人太多了,我知道只要我一讲出来肯定就会有人给她们命名和定位。然后还会有人把她们规规矩矩地放到条条框框里,去批判,去赞扬,或者去评论。

不,我不想这样。

我只想把她们储藏起来,建立一个情感的小金库。这些金子是纯净的,是永不贬值的,是在我自己的沙子里淘出来的。也许她们并没有什么固定的形状,也没有什么漂亮的图案,但是她们是天然的,是美好的, 是一曲发自我最温柔最善良最无邪的那块心灵腹地的无主题变奏。我珍爱她们,因为她们是我心灵的财富。即使有一天我的身外一无所有,我也不会失重。

因为有她们。

是的,她们是金子。但她们决不是那一种交易用的砝码和那一种装潢用的饰物。

第五辑　种在墙头的玫瑰

爱比恋更冷

《爱比恋更冷》，这是《安娜·卡列尼娜》电影版的一个名字，我一下子就喜欢上了。托尔斯泰的这部名著让许多女明星为安娜这个角色发痒。我手里这个版本的主演是苏菲·玛索。苏菲·玛索也是我喜欢的。但看完之后才发现，这部片子并不令我满意。原本是满汉全席的原料，放到餐桌上的却是一道水果拼盘。或许始终最能让我动容的，也还只是《爱比恋更冷》这个别名和苏菲·玛索的眼睛而已。

当然，这是可以原谅的。一篇普通的小说被改编成影视作品尚且会面目全非，何况容量如此丰富的名著。虽然损耗得如若天壤，但总算视觉上还有些营养。于是，一路看下去，便是这样一则市民艳情故事：邂逅，示爱，男方狂热追求，女方犹疑不定。然后碰撞，燃烧，怀了羞耻的孕，对内必须面对家庭，对外必须面对舆论。——最可怕的是，爱情的源头在不知不觉间已经变得浑浊。相爱的人在经历了最亲密的阶段之后，开始有间，开始了彼此的疏离和伤害：他去剧院陪母亲看戏，作为地下情人的她不能忍受独自在家的孤单。一个女人向他飞洒媚眼，名不正言不顺的她遏制不住自己的疑猜。而他也开始对她的痛苦无谓，对她的脆弱轻慢。她使小性，说后天必须去乡间旅居，他说他后天要见母亲，她说你明天可以去，他说我明天要去见律师。她固执己见。他说：

我的忍耐是有限的。他说:你到底想怎样?他说她:你简直不可理喻!说完之后,他离开。安娜照着镜中的自己,容颜憔悴。她正被爱厌弃,自己也厌弃自己。内忧加上外患,她就走进了崩溃和疯狂。

这也就是爱了吧。虽然没有正式结婚。到了一定阶段,爱比恋,确实更冷。冷,是冷淡,冷峻,冷清,冷落。不处理好这些冷,就是冷漠,冷峭,冷凝,冷死。

每个正常的男女,都要恋爱。恋和爱,终究是如此不同。恋是浅,爱是深;恋是晶莹剔透,爱色彩斑斓;恋是风花雪月,没有那么多尘世的牵绊,爱是柴米油盐,多的是凡俗的纠葛。恋的时候,油珠是琥珀。女人要买红色康乃馨,男人就决不说买黄色。男人要买方形热水器,女人再喜欢圆的,也会靠在男人肩上说方的有个性。结婚之后,原形毕露。琥珀渐渐软化成油珠,谁都想把对方不顺眼的地方擦干净,谁都想用自己壶里的水替对方洗澡。于是,越洗越疼,越洗越不能忍受,直至赤膊相向,头破血流。

爱,真的比恋更冷,也更需要冷。因为恋可以是一个轻盈的过场戏,爱却是一折接一折的正剧。一场正剧要唱到幕落,没有掌握节奏的冷静理性,是一定会把嗓子烧坏的。

爱比恋更冷。所以,爱是艰难的。因为爱注定要泡在最具体的生活中,与无数琐碎的细节泥沙俱下。而在这泥沙中胜利淘出的,才是真正的金子。——依然如同洗澡,只是这澡是冷水浴。经过了冷水浴的爱,才会拥有真正值得信任的健康和恒久。

所谓妖精

星期天,和表姐闲逛。已是淡淡的初秋,外面落叶七彩,微雨清凉,商场的衣柜间亦是霓虹缤纷,春潮涌动。想想,也对,秋和春的表征本来就很相像。

一左一右,迎面走来两个女子。乍看都是红衣,细品红得却有些不同。左边女子一套艳朱牛仔裙,上面开衫,露着鲜黄的吊带抹胸,吊带极细,丰盈的双峰在细带子下呼之欲出。裙子很短,白亮亮地闪出玉柱一样的小腿和若干大腿。从上而下都让人担忧。大约她要的就是这个效果吧?右边女子的风格显然要含蓄。旗袍样式的长裙,暗红如深色的玫瑰。外面罩着黑绒短袖,也开着衫,散淡随意地透出肩臂处的优雅骨形和雪白皮肤。

"性感。"香风过后,我评价。都是好色之徒,我和表姐常常交流心得。

"哪位?"

"左边那位。"

"该是右边那位。"表姐道,"左边那位,只是风骚。"

"有何不同?"

表姐侃侃而谈:风骚是咄咄逼人的,性感是清茶慢泡的;风骚是张牙舞爪的,性感是素手杀人的;风骚是招摇呐喊的,性感是落地生根的;风骚是烧人眼的,性感是润人眼的。风骚是气球,炫得高,性感是磁铁,引力大。总之,风骚是浅层之技,是技则总会技穷。性感是魅力之果,果成则芳香无限。

我叹服表姐的见解精辟,感慨同是红衣,居然可以穿得如此不同。表姐微笑"衣服穿得貌合神离还是小事,许多性质相同的事情由不同的女人做出来,那高下之分差得就不是一等二等了。"

细想,果然例证比比皆是。我有两个女友,其老公皆是宝石级男人,于是伊人们格外小心轻放,保管严密。短信时代,她们和许多女人一样,都开始不自觉地偷查老公手机。结果一个查是石破天惊,一个查得浓情蜜意。前者是查了就问,问了就吵,吵了就闹,闹了就分,分分合合,如是反复几次,终于不治。后者查了也问,只是问得撒娇调皮,漫不经

心。宛若蜻蜓点水,荷花摇曳。问过之后她便根据症状的轻重虚实悄悄对症下药。同时自己也加强对老公的短信攻势,从海陆空几方面占领他的疆域,扩张自己。战略战术得当,自然大获全胜。于是,短信之兆在此流向不同渠道:一是让自己的家庭短路。二是让干扰家庭的因素短路。——同样是短,且看当事者如何以短为长。

同事亦有一则例证。她和丈夫感情一直很好,简直可以说是美满幸福。突然遇到一件小事:她在外地进修,好不容易等到休假回来,正和丈夫兴致勃勃在外面吃饭,丈夫大学时的女朋友打来电话,说是从国外回来路过此地,约他马上去见面。丈夫左右为难。怎么办? 同事当机立断,对丈夫说:赶快去吧,你们难得见一次,好好聊聊。我们来日方长。她还手脚麻利地跑到礼品店帮丈夫挑个小礼物送给那个远道而来的"情敌"。事后,不但丈夫完璧归赵,对她还比以前更好。

"我当时心里也泛酸。"同事说。当然,她又不是圣人。正常的女人天生就都是吃醋专家。"但我告诉自己说,她只是中途之雁,你却是巢中之鸟,她不具备竞争性。无论对丈夫还是对自己,你都应该更有信心一些。"瞧,这醋吃得多么清冽:只在心里给自己消毒,却没有任它溢到外面,把家蚀得一塌糊涂。

事情就是这样。如同风骚相比于性感一样,放是谁都会的,难的只是收。这收不是装糊涂,不是忍耐,不是懦弱,这收意味着内敛,意味着消化,意味着真正的接受和珍惜。但修炼到如此道行可不是件容易的事。所以,会放的女人比比皆是,会收的女人却是凤毛麟角。——可以称之为妖精。

一个女人,妖是容易的,精也是容易的,又妖又精却不是妖加精那么简单。想想,妖得都成精了,该妖得多么明白,多么彻底,多么炉火纯青,多么深入化境。这样的女人才是真正的厉害。理智、宽容、深情、机敏、慈悲……这都是她们驱魔的利剑。她们的妖精气,是在骨子里的。对于一个如此这般的妖精来说,其爱的功力已接近于神仙。因此,在这个意义上,我一直认为妖精这个词,是对一个女人的最大赞美。

酷时代的爱

"人生只一次,有爱就表白。"

"给爱一条生路,给自己一个机会。"

……

这种激昂的句子,如今是听得太多了。更淋漓的是一些歌词:

"不顾一切,狠狠爱。"

"想要问问你敢不敢,像我一样为爱痴狂。"

——也难怪,这是一个酷时代。人们爱的方式也难免越来越酷。而酷爱的一个重要部分便是空前关注自己的感觉。那么有了爱情便无需藏匿,最对得起自己的方式就是要把它迫切地抛出来,无论这爱情是否已经花落谁家,也无论这爱情是绣球还是铁蛋儿,总之先不能委屈自个儿,这才是第一正经。

可偏偏就有这么一个女子,她傻。如所有俗套的故事一样,她也喜欢上了一个有妇之夫,且已经陷得无法自拔。那个男的对她仿佛也很有感觉。她站在了岔路口,退一步不甘,进一步不敢。于是三里一犹豫,五里一彷徨,被折磨得痛苦不堪。因为经常看我胡乱写的小文章,大约觉得我有点儿像个婚恋专家,便写信向我求教,问我如何让这感情富有前途。蒙此信任,我便一加一得二,二加二得四,讲给她听。无非是念几巡老经,劝她悬崖勒马,回头是岸。天涯何处无芳草,这草不比那草好。野火吹不尽,春风吹又生,等等。然而不仅全无用处,她似乎还渐渐让不甘超越了不敢。

"我现在无法回头。这个世界上,没有比我更爱他的女人了。"小女子的声音开始决绝,"我必须试试。他就是堵墙,我也得撞撞。"

　　放下电话,我心里已经导出了一场二十集的电视连续剧:伊人打扮得楚楚动人,款款行至意中人身边,含情脉脉告诉他,我爱你。那男人若不动心,她便把自己打入地狱。那男人若动了心,另一个女人便被打入地狱。总而言之,都是伤害。

　　"不是你想象的那样。"多日之后,她打来电话,"我和他的妻子,成好朋友了。"

　　我愕然。

　　"是有些不忍,也是有些好奇,就想先了解一下他的妻子。费了一番工夫,假装很自然地认识了她。发现她人很好,是一位很善良也很可爱的大姐。我们在一起慢慢地喝着茶,听她描摹他家居生活的样子,翻看他小时候的照片,她还讲了他们夫妻的许多事,怎么装修的房子,生孩子那天他如何在产房外大哭,他遇到车祸后还患了一段时间的抑郁症……听着听着,我就觉得,自己对他,太想当然了。不错,他确实很好,我依然还喜欢他。但对他,已经没有什么野心了。"

　　这个小女子,她在做什么?

　　她仍是爱他的,毋庸置疑。但她没有草率地发起刀劈剑刺的攻势。她绕到爱情背后,悄悄撩起对方婚姻的衣里,想察看一下这衣里的针脚是否细密,是否留下了容她插足的稀疏空间。于是,她惊讶地发现,原以为只有自己能签署给他的幸福生活,不过是他跟妻子现状的盗版。她的设计与他的拥有所差无几。她能给他的,不过如此。

　　"以后打算怎么办呢?"我想她总该立地成佛了。

　　"以后,还和大姐做朋友,从大姐那里倾听关于他的一切。"沉默片刻,她说,"没办法,我还是喜欢他。只有这样间接爱,爱到不爱为止。"

　　间接爱。投注太大,这个倔强的女子,一时间无法全身而退,她居然选择了这样的方式,这样一种笨拙而又刁钻,狡猾而又诚实的方式,去处理自己的爱:移位于他最亲密的妻子背后,让她为自己传递他的微笑和呼吸。以友谊的名义善待他的家庭,爱人和一切历史,也在默默的分享中为自己的爱情解渴,并消毒。她用理性滤净了自己的爱,并使自己的爱远离摧毁和破坏,趋于辽阔和芳醇。

——建设性的爱,就是这样吧? 在间接爱着别人的同时,更是直接地爱着自己。一场本该硝烟弥漫的战争,却被她运筹得刃不沾血,人人不输。

这似乎才属于我认可的,理想中的,酷时代的,爱。

种在墙头的玫瑰

一次,去一位朋友家玩。她住的居民区都是清一色的独门小院。院墙低矮。我们惊奇地发现:朋友的左右邻居墙头都密密地插着一圈玻璃瓶渣,在阳光下泛着凛凛的寒光,唯独朋友的院墙上很诗意地种着一排纤细的绿草,在风中微微颤动着。

"我花了好大的功夫才种成的",朋友不无得意地说,"先是在墙头堵土,然后是精选草籽,洒上草籽后又天天浇水,才把'高处不胜寒'改为'高处不胜碧'的。"

"玻璃瓶渣充满了敌意,又难看得很,固然没有你的绿草高明。可是,你的墙头草在梁上君子眼里未免柔有余而力不足,太好欺负了。"有人说。

"那你说我该怎么办?"

"种玫瑰。"我笑道。

大家一起笑起来。墙头种玫瑰显然不太可能,因为根扎不了那么深。不过,这可不可以成为一种美好的比喻让我们应用到处世的态度中去呢? 玫瑰花意味着一种芬芳的情谊,玫瑰刺意味着一种坚定的保护。和平的时候,我们是花;战斗的时候,我们是刺。我们可以既善良又顽强,既大方又有原则,既勇敢又有风度,既欣赏鲜花的香艳,又暗筑起

一道防范的篱笆。接纳友爱的胸襟,不一定非要毫无城府。拿起武器的方式,也不一定非得激烈和尖锐。也许,某些时候,二者恰恰可以颠倒过来。

这是一个不完美的世界,但是我们却可以尽力修炼出一种完美的生活态度。没有什么是绝对矛盾的,只要我们用心智去和谐地动作她们。

读书四种

一日,闲着无事,便浏览整理着书架上的书。翻着看着,忽然觉得,会读书和不会读书的人,境界真是两重天。会读书的人,就是从地摊儿文学里也能筛出金子来,而不会读书的人,则什么好书都能够读坏。

读坏的方式大约有以下几种:一是读书死。这指的是"八股文""老三篇""红宝书"之类相对狭隘的阅读对象选择和"文字狱"以及"准文字狱"之类绝对苛刻的阅读环境局限。这主要是客观条件的残缺,尚情有可原。二是死读书。这指的是主观的精神状态呆滞,读花是花,读果是果。读江是江,读河是河。看起来是忠于原著,不走样,实际上是没有读到一点儿真精髓。三是读死书。这里的责任主要在与被读的书不仅正面的营养实在是太少,甚至连反面的毒气也没有攻击性,只有一些淡出鸟来的残渣,让再好的读者都觉得无味。四是书读死。这指的是领悟力差,只会断章取义,不能灵活巧收。似乎有些小才思,实则错过了大智慧。既糟践了书,也弄歪了人。由一条光明道,不知不觉就走上了独木桥。

话说回来,现在的世道不是读书死,稍有眼光的人也不会死读书。只要不读死书,也不把好好的书读死,人,怎么会不越读越聪明呢?

黄瓜的吃法

一次，我和一位同学一起去医院看望过去的一位老师。在医院里，我们恰好碰到了老师的女儿。当我们辞别老师，走出医院大门的时候，同学不由得叹道："没想到老师桃李满天下，却都是为别人育果。自己家的田地倒荒了，——他的女儿，不是什么成器之人。"

"你怎么知道？"

"我在一边，悄悄地看到她吃了两根黄瓜。"她笑道。

"吃黄瓜怎么了？"我更加奇怪。

"你没注意吗？她吃黄瓜只吃瓜首，吃过瓜首就把后面的部分都扔掉了。谁都知道瓜首好吃，瓜尾难吃。可是都像她这样吃法，一两根黄瓜也就罢了，一辈子的光景怎么能够撑下去呢？"

我默然，心里却产生了深深的认同之感。是的，黄瓜的瓜首由蒂而生，养料充分，口味清甜，新鲜醇爽。而瓜尾却如人的发梢一样，因为滋补不及而枯燥淡寡，贫白如水。但是，谁能够让黄瓜只生首不生尾呢？没有人。既然他不可抗拒地生了瓜尾，那瓜尾就不是为了让你去轻轻松松地放弃，去逃避，去割舍，而是必须由你去迎接，去承担，去面对。只有如此，我们才能够真正击败这难以下咽的瓜尾，才能够在超越它的同时，去真正地品味、欣赏和珍惜瓜首的甘美。——一如我们多风多雨的旅程里，你决不能够只去迷恋绚丽的虹霓和幽艳的景致，更应当用你的脚步去踏实地丈量苛酷的霜雪，让你足底的血泡在严寒里，绽放成坚强的梅花。

也许，我们只有这样。不然，我们还能够怎样呢？既然我们没有能力去留甜不留苦地来肢解百味相融的生活，那么，就只有从首到尾地将它细细地体验一番，然后，把它修炼成一道绝伦的佳肴。

"喂,你说,"同学忽然又笑道,"我把吃黄瓜这样的小事和人家一辈子的大事扯到一起,是不是有点儿小题大做?"

我摇摇头。也许,在很多人眼睛里,这确实是有点儿小题大做,但是,我从来没有这么认为。人生中有多少大事不是先由这样的小事来看出精确的端倪和遥远的未来呢?而这些小事,在某种意义上讲,也积累和酝酿出了以后的结果。所以,从这个角度来看,在我的心里,世界上根本没有什么小事。没有。

穿心米线

对于一对来自于农村的大学生而言,如果家庭生活的水平很一般,那么爱情生活的消费自然而然就会显得有些拮据。所以他和她每天散步时最大的享受,就是去校园东门口的那个卖米线的小店里吃两碗米线。

米线的味道很好。鸡汤清香浓郁,米线柔韧悠长。每当他们在小木桌前坐下,老板娘就会笑意盈盈的迎上来,问道:"要大碗还是小碗?"

"小碗。"她往往会马上说,"大碗吃不了。"

这时候,他就会用歉意的目光看看她。一块半一小碗,两块钱一大碗,虽然一碗只差五角钱,但是他还是请不起她吃大碗。——如果请她吃大碗,他也得吃大碗,不然她绝对不会自己吃,这样就会多花一块钱。虽然只有一块钱,可是这一块钱平均到他每天的生活费里,却也实在让他不容忽视。

她明白这些,所以她每次都会先主动地去要小碗。然而她越是主动,他就会越不安。爱情的色彩似乎也因此黯淡了许多,甜蜜似乎也打了个折扣。

"委屈你了。"他常常叹道,"怪不得有人会说'贫贱夫妻百事哀'呢。"

"呸！谁和你是夫妻！"她红着脸啐他。稍停，却又笑道，"其实我觉得这样很好。当然，如果将来能毫无顾忌的吃上大碗的米线，那就更好了。"

"这算什么好？"他心疼地看着她，郑重的许诺，"将来，我一定让你过上好生活。"

"什么是好生活？"她问。

他不知道该怎么回答。良久，他茫然而坚定地说："到了将来，你自然会知道。"

然而，好生活仿佛总是那么遥远。毕业，工作，结婚，生子……他所期盼的好生活却还是没有丝毫的显现。虽然已经成为他妻子的她一直很体贴他宽慰他，他却始终不能释怀，甚至越来越不甘心。

深思熟虑之后，他决定孤注一掷，去外面闯荡。

"需要多长时间？"她问。

"不知道。"

"我劝你还是不要去。"她像往常一样带着困惑和满足分析着说，"我们的薪水虽然不多，但是足够生活；我们的职位虽然不高，但是还算稳固；我们的孩子虽然不是神童，但是也很聪明健康；我们的房子虽然不够宽敞，但是十分安宁舒适。总之，我觉得目前的一切都很好。"

"燕雀安知鸿鹄之志！"他吐出了《史记》里那句人人皆知的典故。

"鸿鹄也不见得理解燕雀心中的幸福。"她的泪水流下来，"如果注定要这样，我们就只好分手。"

他犹疑了很久，觉得还是不能改变自己的初衷。分手就分手吧，等到他衣锦还乡的时候，她就会明白他的苦心了。他想。

他们以快得惊人的速度离了婚。

六载的光阴很快过去了。这期间，他吃了许多不能想象的苦，受了许多无法言说的罪，经历了许多明明暗暗的波折，也抓住了许多大大

小小的机遇。终于,他创下了一份丰厚的家业。

一个阳光很好的下午,他长嘘了一口气,决定回去看看。两个小时的飞机转眼就到了,仿佛做梦一样,他又站到了她的面前。此时的她,正牵着儿子的小手,从从容容地走在回家的路上。

"晚上一起吃饭,好吗?"他轻轻说。

她点点头。

"你想吃什么?"他忍着泪问儿子。儿子已经不认识他了。

"米线。"儿子说。

他怔了怔,打了一部车,领着他们直奔全市最豪华的五星级酒店,点了最高档的云南过桥米线。

开始进餐了。先是一桌子的海鲜大菜,接着是每人十五个调料盘碟,然后是成分复杂的鸡汤,最后才是千呼万唤始出来的米线。六个服务员马不停蹄的为他们表演着让他们眼花缭乱的程序:怎样拌调料,怎样兑鸡汤,怎样放紫菜……三碗米线做好之后,三个人早已没了胃口。

"好吃吗?"从酒店里走出来,他问儿子。

儿子摇摇头。沉默了一会儿,才困惑而小心地说,"那些菜和那些盘碟跟米线有什么关系?他们弄得那么啰嗦,为什么还没有妈妈常带我去的那家小店做得好吃?"

他看了她一眼,久久无语。夜幕深垂时,三个人又来到了那家小吃店。

"你可有日子没来了。"老板娘居然认出了他,熟稔的笑道,"要大碗还是小碗?"

"大碗。"三个人异口同声地说。然后他们又不约而同的笑起来。短暂的笑声之后,又是漫长的沉默。沉默中,他感到自己的心像被米线一根根穿过一般疼痛。

三大碗米线端了上来,依旧是那么清香浓郁,柔韧悠长。在腾腾的热气中，听着妻儿简单的话语，他的眼泪再也遏止不住，狂涌而出。
——他突然意识到，虽然他已经衣锦还乡，但是在他最在意的那个人眼里，他的锦衣正如安徒生童话里傻国王的新衣一样，没有任何实际的意义。锦衣无色，他也无乡可还。无乡可还的他，就只是一具一无所有的裸体。

他也终于明白：如果从科技的角度上讲，只有求新求高才会让社会进步的话，那么从精神的角度上看，就只有求真求实才会使灵魂幸福。从这个意义上来说，他不是鸿鹄，她也不是燕雀。正如那一桌子海鲜大菜十五个盘盘碟碟和米线是否好吃没有什么本质的关系一样，他所向往的好生活和金钱别墅宝马香车也没有什么必然的因果，最重要的只是爱情。而真正的爱情是不讲究热闹不讲究排场不讲究繁华更不讲究噱头的。这些只是与之毫无关联却极易蒙昧灵智的异物。

真正的爱情如米线一样，只注重——味道。

"你需要的是食物，而你想要的却是巧克力圣代。拂去外表的尘埃，你便看到了生活的真谛。"在这个简陋的小店里，他默诵着《相约星期二》中的主人公美国老人莫里·施瓦茨去世前所说的这两句话，一遍又一遍。

不要戴着镣铐跳舞

一次，和一位年过而立却仍然独身的朋友在一起聊天，谈到各自的生活状况时，他给我们讲述了两年前他对一个女孩子的暗恋。

"那你怎么不追啊？"我们笑着问道。

"首先我怕追不上，梦幻破灭。再者我又怕追上之后反而麻烦——我当时正打算出国。"他说。

"出国和你谈恋爱有什么可冲突的？"我有点纳闷。

"我要是出国就不能和她在一起,不能在一起就会相思难耐,思而不得就会热情渐减,最后就会不如不谈。"他一口气说道:"这下你可明白了吧?"

"可这不过都是假设罢了。"我说:"一个出国的机会和一个追求终生幸福的机会相比,难道你以为前者比后者还要重要吗?"

"当然后者重要,所以我才要更严肃更慎重。"他说:"我只怕如果我们万一成不了一家人,我不是就把那个女孩子给害了吗?"

"可是我却觉得你这种逃避和放弃既不是对爱情的严肃,也不是对爱情的慎重,"我说,"而是把爱情看得太严重了。"

"严重?"他显然有些不解,"难道我不应该去这么认真地对待爱情和追求爱情吗?"

"对待爱情和追求爱情当然应该严肃、慎重和认真,但是你这种心态却只能称之为严重,而我所说的严重主要指的是对感情结局的过度看重。"我说。

是的,我常常会有这种感觉,觉得爱情在许多人心里是一件相当严重的事情。因为中国自古就有"有情人终成眷属"的美满模式,所以爱情一开始似乎就被压上了沉重的规则和责任的归属。面对着"起点是爱情,终点是家庭"的必经大道,许多人还没有开始浪漫地起步就先开始了充满现实感的斟酌和衡量,于是许多非爱情的因素都成为喧宾夺主的爱情前提——也于是,无数可能的爱情良机就在这种斟酌和衡量中夭折了。

这就是许多人常常引以为荣的理智和理性。

爱情本是一场自然而美好的舞蹈。但是却正因为这种理智和理性,她便变成了一次艰难的跋涉。于是那些本该翩翩起舞的舞伴就变成了一对对戴着镣铐的舞者,他们被镣铐的声响和重量压得喘不过气来。他们脚步滞涩,他们频频跌倒,他们甚至会爬行在地。于是,他们就爱得疲惫,爱得猥琐,爱得无奈。

当然，并不是说不要负什么责任。爱情当然需要负责。但是爱情只是一种感受，如果要负责，那也只能对这种爱的感受负责。因为在某种意义上讲，爱情从来就只是人类生命里的一个必然过程，而不是一件必定需要结局的事情——如果说有什么结局的话，那么那个结局只不过是这个过程中的一个点，而不是过程的全部。

为什么要戴着镣铐跳舞呢？这样既捆住了自己的手脚，也会错过青春的灯光和美好的乐曲。

为什么不轻松自由地去爱呢？这样也许会爱得更加深沉。

为什么不毫无顾忌地去爱呢？这样也许会爱得更加完全。

其实在很多时候，爱一旦开始，她本身就意味了一切。而你一旦拥有了爱情，生活便可以另翻一页，重新起笔。

爱不逢人

我曾经收到过一封读者来信，写信的人是一个非常苦恼的男孩子，他告诉我说，他和好朋友在读高三的时候，各自喜欢上了一个女孩子。他怕影响学业，便没有采取行动，而他的朋友却大胆地出击了，并且获得了成功。此后，他在爱的煎熬中刻苦攻读，而他的朋友却是在花前月下和文山题海中来回奔忙。

七月来到，他的朋友红榜高中，但是他却名落孙山。而他们平时的成绩却是不分伯仲的。

他百思不得其解。问我："为什么我不谈恋爱却失败了，而他谈恋爱却没有影响学业？"

我忍不住笑了。我怎么会知道为什么呢？原因可能会是很多的。可能是个人素质的不同，可能是临场发挥的优劣，当然，也很有可能恰恰是因为他的朋友谈了恋爱。

人们往往认为谈恋爱和学习是冲突的,我却觉得这似乎并没有什么道理。其实依我的个人之见,爱的来临是无法逃避的,谈恋爱常常可以极大地激发人的热情和智慧,也最能够使一个正常的人迅速地成长起来。在这个意义上讲,恋爱其实是一所很特别的学校,爱其实是另外一种学习。在这个学校里。几乎每一个人都可以通过学习爱让自己获得终生受益的知识和用之不尽的滋养。

这个为爱而苦恼的男孩子把爱看作是一条偏离正途的歧路,但是他却没有意识到,爱同样也是一条光明大道,她甚至比课本上的那些分子式和几何图形包含了更广阔的人生意义——而且,她和课本完全有可能被成功地合为一体。

鸦片是一种毒药,但是它也是一种良药。

体育锻炼是为了让人更加健康,但是职业体育者却往往是一身伤病。

在这个世界上,有什么是绝对的事情呢?一切都可以互相转化。全看你怎么去做。所以说,从来就没有爱不逢时的事情,有的只是爱不逢人而已。

在功利的大街上,爱情穿行

一年一度的五一国际劳动节将要到来的时候,市委宣传部组织了一个业余模特大赛,她在这个活动里负责全盘的文案工作。于是,到了演出的那天晚上,酷爱清静的她只好也在热热闹闹的后台老老实实地呆着,在花团锦簇的美女堆里,她觉得自己简直就是一把细细的土,即使被人踩在脚下,都不会起一点儿波浪。

“喂,有人在拍你呢。”忽然,一位同事悄悄地碰了碰她。

“什么?”她没有明白过来。

“喏,”同事索性指给她看,“就是那个人。”

　　顺着同事手臂伸去的方向，她果然看见一个男孩子用镜头正对着自己，他穿着一件满身兜的旧摄影服，看起来很专业的样子。可是他手里的那架低档的相机却足以说明他是一个心有余而力不足的"摄影爱好者"。

　　也许是看到她并没有表示反对，他又往前走了走。

　　"别拍我，"她说，"不然我会告你侵犯我的肖像权。"

　　"我又没发表，你怎么告？"他笑道，"再说，我只是想对你调调焦，连胶卷还没有装呢。"

　　"调焦用得着打闪光灯吗？"同事也怀疑地问。

　　"不用闪光灯怎么能够清楚是不是调准了呢？"他振振有词。

　　涉及到一些专业知识，她们俩都不懂，于是也都没了话。她忽然有些后悔，也有些"自作多情"的尴尬意味。是啊，这么多的佳丽在他眼前晃动，他怎么会糊涂到把视线集中在她身上的地步呢？她在惹人注意方面从来都不自信，也不觉得这有什么自信的必要。今天这是怎么了呢？

　　她冲他笑了笑，紧绷的神经放松下来，转身和同事聊起了天。他依然在她身边不慌不忙地转悠着，不时地把镜头对准她"调焦"，她仪态大方地面对着他，到后来简直是有些熟视无睹。终于，当他离她很近的时候，她心血来潮地对他做了个鬼脸。——在这一瞬间，闪光灯一亮，她清晰地听见了胶卷地走动声。

　　她如梦初醒。原来他真的一直都在偷偷拍她！他骗了她！她的神情先是吃惊，而后很快愤怒起来。她冷冷地瞪着他，却发现他根本没有停止按快门。她马上明白她还陷在他的十面埋伏里。——正在为他的抓拍尽职尽责地提供生动无比的表情呢。她侧过脸，开始对他不屑一顾，可是他毫不介意，"啪啪啪"的快门声仿佛套牢了她。她无奈垂头。她冷若冰霜。她沉静如水。她谈笑风生。她的一切似乎都在被他捕捉着，但是她却没有精力也没有心情去阻止他。熬到演出结束的时候，她看见

117

他终于把相机装了起来。

"臭赖皮！"她走过他身边时，低低地骂他。

"你应该骂。有气憋在心里对身体不好。"他笑道，"你是文化局的吧，一星期后我去给你送照片。"

一个星期之后，他果然把照片送到了她的手中。出乎她意料的是，他照得非常好：聊天时的她语意盈盈，做鬼脸时的她乖巧精灵，吃惊时的她双目炯炯，愤怒时的她满面阴云，不屑时的她斜睨含讽，无奈时的她疲倦重重，冷漠时的她如入严冬，而沉静时的她则如一条秋天的小路、安宁、淡远、韵味无穷……他在照片的背面还题了一行小字：人物组照《女孩十八变》。

听说在摄影上只对着一个人拍表情是最容易出力不讨好的，可是她不得不承认他拍得确实非常成功，拍出的效果比她想象中的自己还要好。连她自己都没有想到自己平凡的容颜会如此"有戏"。

"你觉得怎么样？"他小心翼翼地问她。

"把我拍得太好了。"她说，"其实我没有这么好。"

"你肯定比我拍出得要好，是我的技术还不到家。"

相视片刻，不约而同的谦虚让他们会意地笑起来。

"一起吃晚饭好吗？"他说。不知道为什么，他的眼神让她无法拒绝。他们一起去了单位附近的"小雨餐厅"。他们边吃边聊。她慢慢知道，他是独子，家境清贫。父亲早逝，母亲多病。他高中未毕业就失学在家，在一个摄影记者出身的堂兄的帮助下，他掌握了最基础的摄影知识和摄影技巧之后，在街道上借用居委会的房子开了一个简陋的照相馆，用以养家糊口。

"大赛那天晚上那么多人……"

"我怎么会注意到你，是吗？"他接过话，"其实，开始时是真的用你调焦距的，后来发现你和所有的女孩子都不同，你的沉默不是孤独，而是出于内心真正的安宁。你的欢乐不是喧嚣，而是源于一潭清亮的溪水。你和别人聊天不是在打发时间，而是充满了探究和关怀的意味，就连你生气的样子，都带着一种无法比喻的善良……总之，你的神情有一种说不出来的力量，深深地打动了我。"他又爽声笑起来，"没想到你也蛮会配合的。"

"谁配合你了？自圆其说。"

"还打算告我吗？"

"当然，只要你敢往外发。"

"我一个编辑也不认得，往哪儿发呀。"他的声音忽然有些异样，"话说回来，就是有地方发，我也舍不得的。"

她的脸也烫起来。幸亏餐厅里的灯光不亮。

以后的交往渐渐地频繁起来。她慢慢发现，他对她初始便能够达到的了解程度绝不是偶然得之的，而是有着特殊的家庭背景和个人性情的缘由。也许是长期处于社会底层的缘故，他几乎对所有走到自己身边的人都有一种极为敏感的瞬间的度量和表达，在这同时他也会迅速地做出恰当的反应。这个特点到摄影中，便是他对各类题材的新颖视角和深层次的挖掘。在《女孩十八变》之后，他又拍了不少作品，虽然不乏可取之处，但是不知道为什么，在整体上都没有超越《女孩十八变》。

"也许这就是天意吧。"他常常会长长地叹息着说，"也许你注定是我迈不过去的一个高峰。"

他话里的双关语意让她不敢正视他的目光。这种话他说得太多了，她却从没有表示什么。虽然内心里也承认对他的欣赏和喜欢，但是总觉得还没有到达令自己沉迷陷入的时机。而他也总是不敢做更进一步的试探——他就是这样一个聪慧的男人：有机会时决不因自卑而放弃，但是没有相当把握的时候，也决不因浮躁而去冲动。他自有他的原则、方式和分寸。

这个时候，终于来了。

那一天,是她的生日,他说想给她拍一套黑白照片作为生日礼物。她来到照相馆的时候,他已经把灯光、布景和装饰都准备好了。仿佛是一台精心准备的大戏,单等她这个女主角的登场。

她在他镜头前坐下,莫名其妙的,居然有一丝窘迫。

"还有一份生日礼物要给你。"他轻轻地说着,手中突然出现了一束火一样的红玫瑰。

她俯下身,深深地嗅着玫瑰芬芳的气息。

他们恋爱了。

恋爱后的日子如红玫瑰一样简单而芬芳。两个人在一起的时候,就连喝一杯白开水都有一种特别的味道。可是,和她的满足相比,他却总是会有一丝愧疚的神情:"对不起,什么也给不了你。"他常常这样说。

"别乱想,你知道我从不在乎那些。"

"那是因为你从没有过过我这种穷日子。"他说,"你知道吗?我的理想其实十分渺小,那就是让我最亲爱的两个女人过上幸福的生活。她们就是,妈妈和你。"

"傻瓜,"她细细地偎着他的脸,"其实,你给了我很多东西呢。有这些话,有《女孩十八变》,还有,你的爱情。"

他无声地笑了。

时隔不久,省里开始举办在全国都颇有影响的两年一度的摄影大赛,他也报了名,开始筹集作品。但是准备了很长时间,都没有出现拿得出手的作品。

"别急,"她安慰他,"好好积累,可以等下一次。"

"可是我的青春有多少个两年?"他说,"你不知道我心仪这个比赛有多久了。对我而言,他不仅是一种荣誉,更意味着一种生活的转机。只要我拿了奖,就会在同行中拥有声誉,在圈里站住了脚,在圈外的生意就会好做很多。"

"那你急又有什么用?"

他没有说话。忽然间,他转过脸,盯着她看了很久。

"怎么了?"她很诧异。

"其实,早就想和你商量了。"他犹豫着,"又怕你不同意……"

"你是说《女孩十八变》?"她一惊,方才悟过来。

他点点头:"我对这套照片很有信心。"

"可是我对你当初的承诺却失去了信心!"她站起来,"也许你忘了自己说过的话,但是我没有忘。我的立场和当初的一样,照片是你拍的,你有权利去处理。不过肖像权可是我的,我也有维护的权利。"

"我当然没有忘记我说过的话,然而话是死的,人是活的。以后我可以再给你照无数张照片,而且这一套也不过是暂时用用,并没有失去什么。"

"无数张也抵不上《女孩十八变》在我心中的意义。你还可以用别的作品或者参加下一次的比赛,为什么一定要拿它当砝码?如果它在你心目中的位置比我更重要,那就请便吧。"

"你怎么这么固执!"他急起来。

"你怎么这么功利!"她更加气愤。转身而去的时候,她的泪水不由得随风飘落。她知道自己钻进了牛角尖,可是她就是要让自己在乎。她就是想知道,在爱情的承诺和功利的诱惑之间,他到底会选择什么。

接下来的一段日子,她掐断了和他的所有联系。他疯狂地往她家和单位打了几天电话,就没有了消息。三个月后,他终于在家门口堵住了她。

"《女孩十八变》获奖了。"他说。平静的口吻里满是掩饰不住的激动,"唯一的一等奖。"

"祝贺你。"她没有表情。

"报纸,一定,要发表。"他的语调艰涩起来。

"你等的不就是这个吗?"她反问道,又做恍悟状,"明白了,你也是怕等到我告你的法院传票。"

121

"你怎么这样？"

"你想要我怎么样？"她说着，一眼也不看他，径自上了一辆公共汽车。回首看他，还呆呆地站在暴烈的阳光下，丝毫也不知道躲避。

心里一阵酸痛。可是她又能怎样？她知道自己是任性的，然而她的任性又决定了她不会去面对和反思这种任性。更何况，是他先伤害了她。

照片还是发表了。一切都如他所预料的那样，他的社会知名度大大提高了，小照相馆很快变成了摄影城，摄影城又很快衍生出了两家连锁店。其中有一家就开在她单位附近，橱窗里挂满了那种平光打出的大照片，女孩子们的脸苍白得可怕，眉眼假得像是贴在了脸上，妩媚的笑容一看就知道是临时学习的结果。她每天都从那里路过，但是从不踏进去一步。咫尺之距，在她心里却如天涯之遥。当然，她也没有告他。不是不能，而是不想。她不想让自己曾经拥有的爱情在世俗的纷争中被彻底地肢解和粉碎。

一天晚上，她加班加到深夜。刚走出单位门口，一个人闪出来："饿不饿？"

是他。

"原来是大老板。"她不冷不热地笑道，"怎么在这里站着，不耽误生意吗？"

"这一会儿从来就没有生意。"他微微咬了咬嘴唇，"可以和你走一会儿吗？"

宁静的月光，参差的人影。但是，谁都没有再说话。分别了这么久，都不知道该说些什么。

"明天，是你的生日。"他终于开了口，"我把每个店的橱窗都换上了《女孩十八变》。"

她一怔，随即笑道："是不是还觉得我还有什么可利用的商业价值？"

"不要这么刺我好不好？我用这组照片，不也是为了我们将来好吗？"

"我和你没有关系，更没有什么将来。"

"这是一个真实的世界，"他温和的语气里充满了耐心，"太纯粹是没有办法生活的。而且，有一些原则是不见得一定要坚持到底的。"

"对极了。那你干吗非得找我？我也不是你一定要坚持到底的原则啊。"

"你就是！"他加重了语气，"我承认我世俗，但是那只是针对一组照片。对你，对爱情，我没有。你只是对一组照片的使用承诺坚持原则，我是对人和情感坚持原则。我觉得，我的原则比你的原则要重要得多。"

"我不想听你的说教。"

"不，你得听，"他抓住她的胳膊，"你知不知道，我虽然功利，但是你却是虚荣？你想用这组照片来作为你的爱情证明，来体现你感情的娇贵和完美，是不是？我告诉你，这组照片和爱情的本质没有什么真正的关系，但是他却和我们将来的柴米油盐充满了关系！也许我显得很没有情调，但是，在生存和情调之间，我选择生存，难道有错吗？"

她无语。也许，他是对的。可是，她能够就此缴械吗？

"说吧，"他吸了一口气，"要我怎么做你才肯回头？"

"除非，"她忽然想恶作剧一下，"你能让人民路上都贴满我的《女孩十八变》"。

他沉默了很久很久，拍了拍她的肩。

三天之后，她去外地学习，时间是一个月。下火车的时候正是华灯初上。刚回到家，电话响了起来。是他。

"你怎么知道我回来了？"

"这些天我天天往你家里打无数个电话。"他说，"下来走走好吗？我在你楼下等你。"

十分钟后，他们走在了大街上。她没有说话，只是默默地跟着他走。她的脚步告诉他，其实，她是多么渴望能够和他这么一直走下去。

他们拐上了人民路。

"你不觉得,今天人民路上的灯箱很好看吗?"他忽然说。

她抬起头,只觉得浑身的热血都涌了上来。天哪,在人民路两侧的灯箱里,全都是《女孩十八变》!在她姿态各异的表情下,简洁地缀着摄影城的名字。人民路是市里最长的大街,足有五公里,这得安多少个灯箱,花多少广告费啊。

"我把两个连锁店卖了。"他若无其事地说。

"傻瓜,"她的泪水滴到了他的手中,"你知道你有多傻吗?"

"我才不傻呢。能够让浪子回头,我赚得多了。"他笑着揽过她的肩,他们缓缓地走在人民路上。迎着灯箱里自己无数的熟悉的容颜,她的心忽然辽阔得像一个铺满绿茵的广场。他用浪漫的巨资把她从盲目的迷梦中拽了出来,而她,今后一定不会重蹈覆辙。是的,狭隘的不是功利,也不是爱情,而是人自己。为什么一定要功利和爱情相视为敌,让他们水火不容呢?在功利的大街上,爱情一样可以悠然穿行啊。

雪崩还在继续

他们夫妻两个都是我的朋友。所以,他们离婚,我没有更多的话好说。该劝的都劝了,该哄的都哄了,该威胁的也都威胁了,他们一定要离,也只有这样。缘分如水,来者来,去者去,逝者如斯。

最让我不安的是他们的孩子。一个七岁的小女孩,鬼精鬼精,刚刚上一年级。被判给了女方,因为男方的家离学校近,所以也暂且跟着男方。我开始还怀抱着一丝光明,经常去看她,旁敲侧击地给她做工作,希望把她拧成一根红丝带。想想看,如果她能够充当父母第二次握手的月老,那岂不是也算一段佳话?没想到,去的次数越多越失望。从她小口中传出的,几乎全是父母的不是。

"爸爸根本就不关心妈妈,有时间就去外面打牌,深更半夜不回家,哪像个爸爸呀。"

"妈妈自己也够疯的,整天出差,出什么差呀,就不能让别人去?她心里有这个家吗?"

"爸爸陪我练过几次琴?一次都没有。我长多高他都不知道。"

"妈妈会做几个菜?她知道我现在吃什么长个儿吗?"

……

全都是大人话。听了几次,我明白了,父母把她当成了中转站。他们希望通过这个中转站,不仅互相攻击对方,还想在互相攻击对方的基础上,竖立起自己崭新而美好的形象。

孩子可怜,因为父母愚蠢。他们的愚蠢让我为他们羞愧。他们难道就不明白,两个人掰扯打架就不会有人衣衫整齐,两个人对吐唾沫就不会有人脸盘干净,两个人互相倒垃圾就不会有人喷香?况且,不止他们两个。他们撕拽,糊粘,熏臭的,还有水晶一般的孩子。

1916年,第一次世界大战期间,意大利和奥地利为了争夺战略要地阿尔卑斯山脉的杜鲁米达山,双方各陈兵十万对峙,准备决战。附近山顶的陡坡上堆满了厚厚的积雪,一经触发就会发生大雪崩。双方正僵持着,忽然,意军指挥官灵机一动,命令炮兵猛轰雪峰,想用雪崩击败对手。此时,奥军与意军不谋而合,也把炮口对准了雪峰。在双方空前绝后的合作中,一场巨大的雪崩爆发了。这场雪崩持续了四十八个小时,双方共死亡一万八千人,成为战争史上的一大悲剧。

伤人,亦是自伤。只要是伤害,就从来没有纯粹的胜者。战争如此,陌生人如此,朋友如此,同事如此,夫妻亦如此。——只要是人与人之间,心灵与心灵之间,都是如此。

都是些老道理,我也知道不新鲜。听的人都听烦了,可讲的人还得讲。因为各种各样的雪崩还在继续,让这些长满皱纹的老道理不能休息,充满了勃勃生机。

爱情的绝对值

一天晚上，我照例在收看一个很有名气的关于婚恋的电视节目。其中的一位嘉宾在向现场的观众讲述自己的恋爱过程时，很真挚地表达了对昔日女友的思念和感谢之情，其态之诚，令人动容。

"请问，你这次恋爱过程从始至终有多长时间？"最后，女主持人问道。

"三个月。"那个男人说。

于是众人爆发出一阵哄堂大笑。

我听出了笑声里的含义。这笑声显然是在说，这三个月的时间对于凝铸出一份令人刻骨铭心的爱情来说，未免是太短暂了，短暂得简直令人怀疑这份爱情的真实。似乎时间的长短和爱情的质量有什么必然的对应关系。

"三个月时间又怎么了？"那个遭到嘲笑的男人坦然说道，"我三个月时间里拥有的这份爱情和别人三年或三十年里拥有的爱情又有什么不同呢？如果说有什么不同，那么我只是认为我比他们更加幸运罢了。但是在本质上讲，我的爱情品格绝不比他们的爱情低一点点儿，爱情的绝对值是相等的。"

室内顿时一片静默。

是的，三个月时间拥有的爱情和三年或三十年拥有的爱情又有什么不同呢？就像从一吨沙子里淘出的十克金子和从十吨甚至从一百吨沙子里淘出的十克金子又有什么不同呢？

十克金子与十克金子永远同重。

一份真爱与另一份真爱永远相等。

只要都是真爱，只要都是金子。

第六辑　生命的真相

生命的真相

《三言》之中，让我落泪最多的小说，是《杜十娘怒沉百宝箱》。

美丽绝伦的杜十娘十三岁误入青楼，遇见李甲时，是十九岁。"七年之内，不知历过了多少公子王孙，一个个情迷意荡，破家当产而不惜。"迷倒众生的杜十娘，在迎来送往的皮肉生涯中，在倚门卖笑的低贱交易里，堆砌出了繁花般的艳名，也在红酒绿衣中磨炼出了非同一般的世故、城府和心机。

这是她的聪明之处，也是她的悲哀之处。因为，这样的女子，难得糊涂。而学会糊涂，恰恰是太多女子赖以平安度日的一个根本。

但是杜十娘还是糊涂了。在遇见李甲之后，她浮草一样的心太想寻找一个踏实的窝巢，太想呼吸一下平等健康的人生空气。在不露痕迹的外表下，在超前成熟的肉体内，她还是秘密酝酿着对爱情纯洁而虔诚的向往，并且一直暗暗地为之不懈努力。

爱情，从来都是女人的致命伤。

而李甲的初衷，本是贪色。"自遇了杜十娘，喜出望外，把花柳情怀，一担儿挑在他身上。"而杜十娘呢，"久有从良之志，又见李公子忠厚志诚，甚有心向他。"然而，有心归有心，十娘还要细细地考究，在她的心里，这份感情的投资几乎也许就是她生存的全部意义了，她似乎已经

127

知道自己输不起。

一年之后,李甲财尽,老鸨逐人。十娘开始实施赎身,老鸨限期十日交银。形势紧急万般无奈,李甲只好四处借贷。但是,这个未经过风雪的富家子弟却没有想到,"说着钱,便无缘。亲友们就不招架。""李公子一连奔走了三日,分毫无获,又不敢回绝十娘,权且含糊答应。到第四日,又没想头,就羞回院中。"只好在同乡柳监生处借宿。柳监生替他分析了一番利弊,劝他离开十娘。"公子听说,半晌无言,心中疑惑不定。"并且一连三日不再去见十娘。——如此胆怯懦弱,毫无主张。十娘的结局已初见端倪。如果两人就此不再相见也就罢了。但是倔强的十娘偏偏派人在大街上找到了他,追问他,"郎君果不能办一钱耶?妾终身之事,当如何也?"李甲面对十娘,"只是流涕,不能答一言。"可是十娘在此情境下并没有灰心,她不舍前情,将自己积攒的一百五十两银子交给他,让他去筹另一半。

其实,她完全有能力自赎自身。然而,她没有。她想通过李甲借银的过程,来探测一下李甲为她付出的程度。这个兰心蕙质的女子习惯用各种可能的方式来检验自己的爱情含金量,也因此,一点一点,亲手撕开了生命的真相。——她不明白:有太多太多的爱情经不起这样的检验,而她,也并不是一个幸运者。

李甲并没有那么快地让这件事情陷入绝望,他终于借到了另一半。十娘顺利赎身,一穷二白地和李甲离开了妓院。他们"鲤鱼脱却金钩去,摇头摆尾不再来。"去谢别过去的风流姊妹时,十娘取出了暂寄在众姊妹处的私房,并让众姊妹友情客串,共同演出了一场相赠送礼的热闹好戏。

踏上回乡的路时,李甲已经身无分文。此时十娘若将私房拿出,二人必能够夫唱妇随,皆大欢喜。然而,十娘还是没有。她只是在用钱时取出一点,之后,"仍将箱子下锁,亦不言箱中更有何物。"在温情款款的背面,她一直在冷静地观望,如果失去了金钱的支撑,让自己成为李甲经济、道德、家庭和前程上的多重包袱,那么,仅仅凭着爱情的力量,李甲到底还能够陪着自己走多远。

孙富在她的观望中登场,这个轻薄而油滑的纨绔子弟成了爱情最恐怖也最灵验的试金石。他看中十娘后,先设计和李甲成为酒友,套出了李甲的心里话。然后针对李甲的弱点对症下药,一一攻破他脆弱的"城墙",终于促使李甲决定将十娘卖掉。不过李甲还是有些良心的,知道"小妾千里相从,义难顿绝。"回船之后,自觉一时无法开口,便昏昏睡去。而十娘似乎已经预感到了什么,"委决不下,坐于床头而不能寐。"

夜半时分,李甲醒来,叹息落泪,将实情告之于十娘,说孙富"欲以千金聘汝。我得千金,可借口以见父母,而恩卿亦得所矣。"

此时的十娘,心一定碎成了无数颗陨石。她完全可以将自己的万千积蓄亮给李甲看,然后从容不迫地挽回败局。然而,十娘终究没有。也许她已经觉得这么做对自己来说没有丝毫的意义。对于败局,无论挽回得多么圆满,从本质上讲也是败局。

于是,十娘放开两手,冷笑一声,道:"为郎君划此计者,此人乃大英雄也。郎君千金之资,既得恢复,而妾归他姓,又不致为行李之累:发乎情,止乎礼,诚两便之策也。那千金在哪里?"李甲顿时收泪道:"未得恩卿之诺,金尚留彼处,未曾过手。"十娘道:"明早快快应承了他,不可错过机会。但千金重事,须得兑足交付郎君之手,妾始过舟,勿为贾竖子所欺。"

这是一段精彩的白描。善解人意的言辞背后,是多么辛辣尖刻的讽刺和锋利深沉的痛楚!"快快应承""千金事重"。什么是海誓山盟?什么是白首不渝?十娘没有流一滴眼泪。她唯一的表情,就是冷笑。

艳妆之后,天色已晓。舞台上的一切都已经准备停当,十娘拉开了大幕。众目睽睽之下,她先展示了自己价值连城的珠宝,再痛骂孙富,痛斥李甲:"妾风尘数年,私有所积,本为终身之计。……谁知郎君相信

不深,惑于浮议,中道见弃,负妾一片真心。今日当众目之前,开箱出现,使郎君知区区千金,未为难事。妾椟中有玉,恨郎眼内无珠……"

是的,十娘是椟中有玉,李甲是眼内无珠。而十娘也清楚地知道,她完全可以用自己椟中的玉来换取李甲眼内的珠。但是,她直到最后也没有。她不是不能,而是不想。她不想用自己真正的玉,去换取那样一颗伪劣的珠。

水府冥途,她投江自尽。巨浪之后,仍旧是平静的水面。这出戏做足了杜十娘的血泪与梦想,挣扎与凄凉。杜十娘便是这样一个可怕的女子。她本可以不这样,她本可以去糊涂,在赎身成功之后,在二人游历之间,在得知孙富的馊主意之时……她都可以花钱消灾,选择一条庸常的退路。

但是,她真的没有。

也许,在李甲心里,爱情不过是一枚甜美的糖果。尚且可口时,便可以津津有味地品尝。一旦吃到了苦涩的内核,便可以自然而然地抛弃。十娘对于李甲来说,只是意味着一种非同寻常的享受。然而,十娘却把他昙花一现的笑容期盼成了永远的天堂。

十娘错了。十娘也知道自己错了。其实,错了并不要紧。人世间有过多少错了的事情啊,还不是被人们一代一代漂漂亮亮地将错就错了下来,之后,再去千篇一律地容纳和接收那种自欺欺人浑浑噩噩的幸福。十娘也可以不计前嫌,十娘也可以若无其事,十娘的手里握有大把的机会。——但是,十娘没有。李甲是个不能认真的人,十娘认真了。李甲是个适合糊涂的人,十娘没有糊涂。她一步步地向前走去,没有回头。她就这样残酷的揭示出了自己生命的真相。没有给任何人一个台阶,包括她自己。

读杜十娘的时候,我不得不落泪,为这样一个出身古典而内心却纯粹到至极的女子。她的至极,甚至胜过了许多口口声声标榜个性的现代人。我由衷地震惊和钦佩她面对真相与末路时的勇气。有多少人敢像她那样呢？一幅幅太平祥和的政界构图，一丝丝寒暖变幻的世态炎凉，一对对天衣无缝的神仙眷侣，一桩桩冠冕堂皇的宏伟事业……我们谁都会在意衣服外面小小的褶皱和淡淡的灰尘，有几个人能够和杜十娘一样，去一丝不苟地查看衬里之中长长的线头和歪曲的针脚？

没有人。

生命的真相就在那里站着，似乎很遥远，却也触手可及。但是谁也不去揭开，都怕伤了自己的眼，都怕烫了自己的手。

我也一样。

煮　海

这是古代的一则神话故事。

潮州儒生张羽，寓居石佛寺。清夜闲适，他于月下抚琴。琴声叮咚，飘逸悦耳。正抚到妙处，一美貌女子款款而至，自称名叫琼莲，为琴所动，寻声而来。两人叙谈多时，不由互生爱慕。但是琼莲的言语之中，避而不谈家乡府第，只与他约中秋相会。露降鸡鸣，两人依依相辞。然而琼莲走后，张羽却知自己已经等不得中秋了，当即便悄悄追随琼莲而去。途中遇到仙姑毛女，才知晓琼莲竟然是龙王千金。但是张羽没有被吓倒，他苦苦恳求仙姑指点，仙姑便将银锅、金钱和铁勺三件宝物赠给了他，告诉他去煮干大海，便可以见到琼莲。张羽如法行事，果然奏效。老龙王将他招至龙宫，与琼莲成婚。于是，皆大欢喜。

这则故事没有古代爱情故事常有的委婉和悲叹，有的只是勇气和信心。"我要她！""我即刻就要她！""我不能等待！""我要逼迫大海！""我爱情的火焰一定能够煮干大海！"——典雅浪漫的情节里，处处流溢着这种不可理喻的热烈渴求和刚强思念。多么可爱的盲目胆略啊，多么鲁莽的一见钟情啊，但是，说实话，这种方式，我由衷地喜欢。比

起当代许多看似豪迈奔放实则空虚夸张、看似不拘一格实则浮躁懦弱、看似自由深刻实则功利浅陋的情爱演义，他实在是简明纯洁得太多太多。

最初期最原始的爱，不就是这样吗？科技越向未来越发达，但是爱情却越回溯越珍贵。虽然，以现在繁华精确的文明尺度来衡量，他仿佛是不够含蓄，又仿佛是太过武断，但是，他的狂，他的笨，他的急，他的傻，落实到哪个女人身上，她会不幸福着战栗呢？

我当然也梦想着将来会有一个男人为我煮海。——用各种方式和所有智慧去全力排斥爱情道路上的挫折和障碍。仔细推论一下，这几乎是没有什么可能了。即使有可能，我也会害怕，怕他煮干海后，终局的结晶里已经没有了爱情，而是白花花的苦涩盐粒。

小泥人过河

某一天，上帝宣旨说，如果哪个泥人能够走过他指定的河流，他就会赐给这个泥人一颗永不消逝的金子般的心。

这道旨意下达之后，泥人们久久都没有回应。不知道过了多久，终于有一个小泥人站了出来，说他想过河。

"泥人怎么可能过河呢？你不要做梦了。"

"走不到河心，你就会被淹死的！"

"你知道肉体一点儿一点儿失去时的感觉吗？"

"你将成为鱼虾的美味，连一根骨头都不会留下……"

然而，这个小泥人决意要过河，他不想一辈子只做这么个小泥人，他想拥有自己的天堂。但是，他也知道，要到天堂，必得先过地狱。而他的地狱，就是他将要去经历的河流。

小泥人来到了河边。犹豫了片刻，他的双脚踏进了水中，一种撕心裂肺的痛楚顿时覆盖了他。他感到自己的脚在飞快地融化着,每一分每一秒都在远离自己的身体。

"快回去吧,不然你就会毁灭的!"河水咆哮着说。

小泥人没有回答,只是沉默着往前挪动,一步,一步。这一刻,他忽然明白,他的选择使他连后悔的资格都不具备了。如果倒退上岸,他就是一个残缺的泥人。在水中迟疑,只能够加快自己的毁灭。而上帝给他的承诺,则比死亡还要遥远。

小泥人孤独而倔强地走着。这条河真宽啊,仿佛耗尽一生也走不到尽头似的。小泥人向对岸望去,看见了那里锦缎一样的鲜花和碧绿无垠的草地,还有轻盈飞翔的小鸟。上帝一定坐在树下喝茶吧,也许那就是天堂的生活。可是他付出一切也几乎没有什么可能抵达,那里没有人知道他,知道他这样一个小泥人和他那个梦一样的理想。上帝没有赐给他出生在天堂当花草的机会,也没有赐给他一双小鸟的翅膀。但是,这能够埋怨上帝吗?上帝是允许他去做泥人的,是他自己放弃了安稳的生活。

小泥人的泪水流下来,冲掉了他脸上的一块皮肤。小泥人赶紧抬起脸,把其余的泪水统统压回了眼睛里。泪水顺着喉咙一直流下来,滴在小泥人的心上。小泥人第一次发现,原来流泪也可以有这样一种方式。——对他来说,也许这是目前唯一可能的方式。

小泥人以一种几乎不可能的方式向前移动着,一厘米,一厘米,又一厘米……鱼虾贪婪地啄着他的身体,松软的泥沙使他每一瞬间都摇摇欲坠,有无数次,他都被波浪呛得几乎窒息。小泥人真想躺下来休息一会儿啊。可他知道,一旦躺下,他就会永远安眠,连痛苦的机会都会失去。他只有忍受,忍受,再忍受。奇妙的是,每当小泥人觉得自己就要死去的时候,总有什么东西使他能够坚持到下一刻。

不知道过了多久——简直就到了让小泥人绝望的时候,小泥人突然发现,自己居然终于上岸了。他如释重负,欣喜若狂,正想往草坪上

133

走，又怕自己褴褛的衣衫玷污了天堂的洁净。他低下头，开始打量自己，却惊奇地发现，他已经什么都没有了——除了一颗金灿灿的心。

而他的眼睛，正长在他的心上。

他什么都明白了：天堂里从来就没有什么幸运的事情。花草的种子先要穿越沉重黑暗的泥土才得以在阳光下发芽微笑，小鸟要跌打下无数根羽毛才能够锤炼出凌空的翅膀，就连上帝，也不过是那个曾经在地狱中走了最长的路挣扎得最艰难的那个人。而作为一个小小的泥人，他只有以一种奇迹般的勇气和毅力才能够让生命的激流荡清灵魂的浊物，然后，观照到自己本来就有的那颗金质的心。

其实，每一个泥人都有这样一颗心，就像我们每个人都有可能获得自己的天堂。关键是你想不想去获得，敢不敢去获得，会不会去获得，最后，怎样去理解和认识这种获得。

观音山七记

1

我抬头看那观音。

常听人夸谁谁谁美，便说"有观音相""长得像观音似的。"在乡间，只有美极了的男人和女人才会被请到庙会上扮观音。而上世纪初的上海，一个男人如此赞颂一个女人的相貌：正大仙容。这四个字让那个孤傲绝伦的女人喜不自胜，然后她便低下去，低下去，在尘埃里开出花来。

而我一直以为，这四个字用来形容观音才最恰如其分。

眼前的观音自然是美的。头戴宝冠，身披天衣，腰束罗裙，因是南国的观音，便比我寻常见的北国观音要略略清瘦一些。她端然于莲台上，柔婉的线条因着花岗岩素白刚硬的材质而显得清朴温和，简约庄严。她那么高,却并不突兀,因此也不让人受到唬震。只是人站在她面前仰望她的时候,会不由得沉默起来,只是静静地看着她微笑着坐在那里,淡丽妩媚,栩栩如生。

——不,不是如生,而是真的生起来了:我突然看见她在旋转。

她在旋转!

我以为是自己的错觉,连忙定了定神,再看。没错,她是在旋转,她的身体千真万确地在旋转。更奇异的是:她明明在旋转,面向我的角度却没有点滴变化。

——是她身后的云在动。

是这云动,让我心动。

果然,果然是错觉。

我久久地看着那观音,那仿佛是在旋转的观音。是错觉又有什么关系? 错得美,便是对。

2

这个季节,是北国的严冬。郑州正在降雪,而在这南国的东莞,在这樟木头镇——我是多么喜欢这个散发着清香的名字——所属的观音山上,却阳光明媚如初夏。天蓝,云白,到处都是翠润的绿。

我们爬了两次观音山。第一次是前山,车把我们送到山底,然后我们一直朝上走,走到后来,无非是累。第二次是后山,车把我们送到山顶,我们一直朝下走,第二天起床,大腿和小腿就都是疼了。

上山累,下山疼。不管是上山下山,其间的过程却仿佛人生。

3

后山很静。一路走来,我们居然没有碰到我们之外的一个人,整座

山仿佛都是我们的。在一处休息的时候,汤养宗先走了,我随后跟着,一会儿便不见了他的踪迹,只听到他偶尔喊山的声音。

我放弃了追上他的努力,一个人悠悠而行。在这安寂的山中,流水淙淙,鸟鸣啾啾,无数种声音随着千枝万叶而来。这时,看什么也是在听什么,听什么也是在闻什么,闻什么也是在尝什么,尝什么也是在想什么,真好,真是自在。

——观音还有一个名字,便是观自在。观音原名观世音,是梵文意译。玄奘取经回国,在翻译《心经》的时候,因避讳唐太宗的“世”字而称之观音,后来干脆将观音称之为“观自在”,意为智慧无比,圆通无碍。至于观世音这个原名,则另有一说。《楞严经》中记载,观世音是观音自己给自己取的名字,意为自己能观到声音。大乘佛教有“六根互用”之论,眼、耳、鼻、舌、身、意,被佛教称作“六根”,能“六根互用”者,必须得六根清净,在清净中,六根才能互相见色、闻声、辨香、别味、觉触、知法。也因此,观世音便能观到声音。

这里的“观”,非眼观之观,乃智观之观。

如此玄奥,让我哑然敬畏。不过,又想到方才自己在领受山中的一切时,似乎也沾染了观音的恩泽,让自己的六根互用了一小会儿,便也有些微欣欣然。

4

实在厌恶一些景区的道路:挺括、平展,过分干净的路面刺目而耀眼,像刚刚拆包的新衬衫,一望而知穿在身上是会硌皮肤的。

而这山里的路是我极喜欢的。没有栏杆,台阶很旧,满是落叶,微微有些脏,林中朽木密集的地方显出几分微微的神秘和恐怖。无数新鲜的叶子在长满绿苔的旧枝干上显露出葱茏的面容,如少女一般清嫩可喜。

如果说路是脚的衣衫,那么这路就是我最称心的旧睡衣。真希望这路永远是这个样子。都说路是要发展的,我希望这路永远永远也不要发展。

5

正惬意地走着,忽然,听到不远处有噗噗的声响,抬头看见一个老农正握着锄头在半山腰躬身劳作。看起来是如此之远,声音却是如此切近。

想起我辽阔的豫北平原,大片的良田无边无垠。但是,如果不走近,就绝听不到锄头的噗噗声响。——只因着山是空的,便可以让所有的声音轻松穿行。

是的,山是空的,也是满的。它因丰饶的空而成就了它纯净的满。它也因纯净的满而成就了它丰饶的空。

6

这是观音山中处处可见的竹子。我细细地看,这竹子也不同于北方的竹子。和北方的竹子相比,它竿纤细,叶如柳,格外娇小玲珑,色泽也不厚重。似乎有些不像竹子,但分明就是竹子。南北差异,一草一木皆可见也。

陪我们上山的土著刘志勇先生告诉我们:这竹林里也有竹叶青。突然想:这里的竹叶青该是什么样呢? 是否也身绿? 是否也尾红? 是否在腹部也有黄白条纹?

夜读《西游记》,看到第四十九回《三藏有灾沉水底,观音救难现鱼篮》,观音清早在紫竹林中做竹篮,吴承恩如此用墨:"……懒散怕梳妆,容颜多绰约。散挽一窝丝,未曾戴璎珞。不挂素蓝袍,贴身小袄

137

缚。漫腰束锦裙,赤了一双脚。披肩绣带无,精光两臂膊。玉手执钢刀,正把竹皮削。"

这个观音,家常又利落,健壮又妩媚,可赏又可亲,正是南北之美的混合呢。

忽然又想:如果观音在竹林里邂逅了一条竹叶青,又该如何?

不由莞尔。

7

多年以前,我曾经写过一篇短文,题目是《自己的观音》。写的是一个人遇事不顺,便去求拜观音。当他跪在观音面前时,发现有一个人也在拜观音。他仔细一看,那人和观音长得一模一样,丝毫不差。他便问:你是观音么?那人道:我是观音。他又问:那你为何还拜自己?观音道:我知道求人不如求己。最后我引申道:只要人人遇事都去求己,那人人便都是自己的观音。

有点儿励志的意思,无非是劝诫世人要自立,要自强,要自信,要自悟,要自助,要自己靠自己。一派苦口婆心,仿佛自己是文字里的观音。

当时还觉得自己写得机趣、睿智,现在才觉出那份浅和单:如果人人都成了自己的观音,人人都成了自己的神,人人都不软弱,不疑惑,不迷惘,不绝望,那这个世界该多么……可怕。

还是要敬畏,还是要谦卑,还是要明了自己的无知和无能,还是要知道这个大世界中自己的微小和渺茫。先有了这些个前提,也许才能获得真正的高远、强大、明晰和张扬。

——还是要拜观音。

当然,不是说莲台上的那座雕像。

自来水与小压泵

你一定见过自来水,可是你见过华北平原许多农家小院里的小压泵吗?它由一根铁管直通到地下,利用空气的压力和人的作用,将水一下一下地压上来,然后喷涌到小水池中,冬暖夏凉,清澈明净,任你畅饮、洁面、洗衣、冲脚、除尘。

自来水和小压泵,常常令我不自觉地想起婚姻和爱情。

结婚前的爱情一般都仿佛是源源不断的自来水。只要你打开,它就会奔流。需要多少,就有多少。有时候你若不用力关紧,它就会无孔不入地往外滴漏,似乎要让整个世界人尽皆知。甚至有时候你关紧了,那管里的水似乎也疯狂得要把水管撑得爆裂开来。在这样奢侈的热情下,婚姻来临了。结婚之后,忽然有一天,你吃惊地发现,在不知不觉中,水管里的水量减少了。先是减少到你必须的程度,渐渐地,水越来越少,直至你必须的水也没有了。

而小压泵却截然不同。它看似笨拙,速度也慢,但是无论是婚前还是婚后,它都是那么不疾不徐地走着,以它特有的节奏和韵律。它从不浪费,也从不吝惜,它以自己的能力和魅力拥有了一个最庞大的水源——地下水厂。从某种意义上讲,谁是喝水的人,谁就是创造水的人。谁创造了这水,谁就可以对这水取之不竭,用之不尽。

自来水和小压泵让我明白,在爱情的问题上,千万不能做懦弱的自来水,一心等待别人的输入,完全交给别人去宰杀。一旦停电或是水厂无水再或者是管道被积垢阻塞,你就只有面对干涸的命运。你想重新拥有鲜灵灵甜润润的水吗?你就得去绞尽脑汁地换水厂或者换管道,——因为你没有造水的能力啊。但是,如果你是一台小压泵呢?就意味着你在爱情和婚姻的漫长道路中,无论何时何地都能够去主动地发

139

现、改善和开掘生活里丰厚的泉眼,在旅程的不测风云中,怀隐一泓汩汩的甘霖,握紧一张通往幸福的票券。

爱情技法

暮春的一天,法国梧桐鲜嫩的翠叶在阳光的沐浴中显得层次分明,每一片叶子仿佛都有着不同的神情。

在一所美院的公共教室里,一位著名的中年画家正在和一群学生座谈。他面前摊的,是自己刚刚出版的精美画集。

"在这幅画里,人物是由侧面光照明的,没有一点儿正面光源,所以人物的面孔大部分处于阴影里。我这样安排光源的目的是想让画面有一种神秘的感觉,并且着力解决绘画中明暗交接处的表现……"

学生们屏息静气地倾听着。画家翻开另外一页:

"在这幅画里,这个模特纤细的体型非常易于观察和描写内在结构。你们看,她把身体的主要分量放在了右臀上,同时还依靠着身后的水池,我就是把握住了她这一瞬间的姿势特点……"

这幅画画得实在是好。尽管是印刷品,但是还是可以品尝得出一些原作的韵味。模特的容颜是那么安恬,宁静,还带着一丝微微的娇羞。但是她的肢体却是那样的舒展大方,充满了女性典型的柔和与强韧。——他忽然记起,画这幅画是正值深秋,那时,他的画室里还没有开始生暖气。而他,却从没有想到过,她是不是会觉得冷呢?

他的心不由得微妙的一顿。随即又恢复了常态,再翻出一页,继续兴致酽酽,侃侃而谈:"……我在这幅画里实施的色彩方案是橙色和绿色。我想表现的是,除了模特身上的晨衣以外,一切东西看起来都像是无可逃避的感染上了橙色……"

"我有个问题,老师。"一个大眼睛的女孩子插话道,"如果在这幅画里,你主要想表现的只是色彩方案,那您干吗不用桌椅或者别的什么东西来代替模特呢?"

学生们笑起来。这是一个初级但是有趣的问题。

"当然,模特也是很重要的。"画家笑道。

"您是指她作为您的绘画对象的意义重要,还是作为一个个体的人的意义重要?"

"当然是作为一个个体的人的意义重要。"

"其实,我还注意到了,您画集里几乎所有的人物都是她,仿佛您画了她许多年似的,"女生又说,"她的眼神看起来既聪明又清亮,有着一种异乎寻常的美,"女孩子似乎知道自己说的太多了,有点儿小心地试探着,"是吗?"

"是的。"

"这就是您只画她一个人的原因吗?"

学生们顿时静默。片刻之后,又笑起来。之后,再次静默。敏感的年龄,青春的特性,好奇的领域,唐突的问句——他们一起瞩目着画家。

"不仅仅如此,"画家沉吟着,"最重要的是,她是懂得我的。她懂得怎样去激起我的创作欲望,她懂得我的每一个暗示,她懂得我需要的每一个细节的配合,她……"画家微垂下头,"她是懂得我的。"

"你呢?你懂得她吗?"

画家沉默。

他从没有想过,自己是否懂得她。

她是他所在的美院的毕业生,在校时就常常选修他的课。但是专业并不是很突出,因此他也就没有特别留意过她。毕业后不久,她就找到了他,说她的工作分配的不理想,暂时没有别的出路,想先在学校里当一段模特。他这才仔细观察了她一番,发现她的身体条件很好,又经过长期的专业熏陶,领悟力实非一般模特所能及,就很爽快很热情地向学校推荐了她,她就这样留了下来。事后,她特意向他表示感谢,并

且说,她愿意利用下班时间为他一个人 单独工作。

"怎样配合都可以。"她红着脸说。他知道她指的是裸体。她在学校的公共课上从不裸体的。

他喜出望外。谈到薪水的时候,她开始无论如何也不肯要。后来见他的态度实在坚决,才答应每小时收五块钱——她在学校的薪水是每小时三十元。

他们的合作就这样开始了。无论春风夏雨,还是秋霜冬雪,她都随叫随到,可长可短,从不耽误。他很快画熟了她,画透了她,如此一画,便是六年。

——从她的二十二岁,到她的二十八岁。一个女人,能有几个这样的六年?

可是最近,当他在国际上荣获大奖,在国内出版画集,风风光光,功成名就的时候,她突然辞职了。

"为什么? 我现在有能力给你高薪了。"他困惑至极。

"我走了,还会有别人的。"她没有正面回答他,只是慢慢地收拾着自己的东西,慢慢地说:"我总得开始另外的生活啊。"

……

"她呢? 她现在在哪里?"座谈结束后,大眼睛的女孩子不依不饶的跟上来追问。

"不知道。"

"她一定是爱你的。你知道她在爱你吗? 你画过她那么多次,难道没有读过她的眼神吗? 你不应当是一个只重视技法而不重视内涵的画家吧?"

"如果她爱我,她为什么不说?"

"如果你整天这样面对着她都不觉得有什么的话,那她还有什么好说的?!"女孩子惊诧的看着他,"你难道不爱她吗? 你的画告诉我,你是爱她的。"

他又一次沉默。许多记忆浮上了水面,一层层的清晰起来:她每天为他打扫画室,他画得入神时她发着高烧陪他坚持,她不厌其烦地给他洗沾满了颜料的肮脏的工作服,她走遍大街小巷为他选订最合适的画框……是的,她是爱他的。也许,他早就知道了,但是他不想让自己去重视和注意。她从来不说,他也觉得这样挺好。他是那样全心倾力于自己的事业,总觉得这要比爱情有一点点重要。

"你,为什么要告诉我这些?"许久,他才想起问对面的女孩。

"因为我是一个女人。"女孩子说,"也许男人在任何事情上都能够超过女人,但是在对爱情的感觉上,女人永远会走在男人前面。"

回到他的城市,回到他的学校,回到他的画室,他第一眼看到的,便是一个厚厚的信封。打开,信封里装的是六年里,他付给她的所有薪水。

——全部都是五元一张的钞票。钞票们就那样静静的睡在那里,仿佛是一颗颗死去的心。

他这才意识到:以往的日子里,自己对她故意的忽略有多么的卑劣和残忍。

在雪白的画布前坐下,他却再也画不出一笔。——画布上全都是她。他也方才明白:原来她已经那么深的融入了他的事业中。他的爱情,原来已经被她变成了他事业的一部分。这么多年以来,她给他的,从来就不是一个平面,而是一个能够看出却无法测量的深度。深度这个词,在他的绘画里只意味着是一种特质,但是在她的行为里,却构成了生活本身。

她对他的爱情,也是一样。

而他,一直能够运用的只不过是油画的技法,她献给他的,却是用任何词语也 不能描绘和解说的爱情技法。

他终于知道:他,原来也是爱她的。

可是,她在哪里呢?

白乌鸦

那天，突然见到了一只白乌鸦。

初春的树，绿得还很浅，更多的是浓重的深褐色。白乌鸦站在洗练的枝杈间，整个情形如同一幅简约的淡彩国画。而它的白，居然仿佛是一种炫目的"留白"。

我怔住了。

白乌鸦孤零零地站在那里，神情羞怯得如一个稚嫩的婴儿，仿佛不懂得该如何去看待这个世界。没有方向，没有声音，它像是一个傻傻的孩子。

我走得更近一些，它也不知道躲避。它甚至还看了看我，黑黑的眼珠，近在咫尺，让我想吻，仿佛它是我的孩子。

亲爱的孩子啊，你知道自己是人们所不喜欢的乌鸦吗？

亲爱的孩子啊，你知道自己是人们既不喜欢又无比惊诧的白乌鸦吗？

亲爱的孩子啊，你知道你一相情愿的纯洁根本阻挡不了这个世界种类繁多的尘埃吗？

亲爱的孩子啊！

浪漫的公式

闲下来的时候，不由得就和对面的未婚同事聊起了柴米油盐，她听着听着就撇起了嘴："你还写什么风花雪月的文章啊，还有没有一丝儿浪漫？"

"会算账的人就一定没有浪漫了吗？"我疑惑。

"这样计较这样沉重还怎么浪漫？"她振振有词，"浪漫是什么？没有约束，毫无顾忌，潇洒如风，自在随意。可你呢？看到一盘精致的菜不是先去欣赏它有多么美，而是先去尝尝它好不好吃，价钱是多少！"

"我是这样。"我点头，"可我不觉得我就应当受到指责。菜的最终目的不就是为了让人吃吗？如果它很美，但是不好吃，或者贵得你根本吃不起，那么它对于你的胃还有什么意义？"

"不过，对于我的眼睛有意义啊。"

"眼睛能让你的肚子不挨饿吗？"

她停顿片刻："你是蛮有道理，所以才说明你有多么不浪漫。"

"我不是不浪漫。"我笑道，"只是我比你要清楚：浪漫也是有前提的。"

正争论着，电话铃突然响了。她跑去接。是领导打来的，让她赶快去宾馆为几位远道而来的客人安排一下食宿。

"你看，我们俩说的兴致正浓，你要是走了多煞风景。你别去了行吗？"我恳求。

"那怎么行？这是工作，我靠它活呢。"

"工作浪漫吗？"

她不说话。只是看着我。

"工作其实是另一种形式的柴米油盐，它不比家庭琐事更高雅。但是，你再浪漫，也还是不得不去工作。不要说你刚才所定义的浪漫是不可能的，即使可能，那种浪漫也会变得很无聊。"

她开心的笑起来："原来你的话在这儿等我呢，你赢了。"她挥了挥手中的预订单，轻盈地走出了办公室。

望着她的背影，想想刚才的一席话，我的眼前忽然浮现出自己前几年时的情景。那时候，大约也像她一样吧。知道青春宝贵，便要自己去千方百计的享受浪漫：淋雨、郊游、跳舞、探险……最喜欢的是下雪天，

晚上,在雪地上沉醉的散步,听着"咯吱咯吱"的响声,总是希望这雪永远也不要被人扫去。白天里慌着堆雪人,拍雪景照,还踩着五颜六色的简易滑雪板去滑雪。末了,还要用小瓮存一瓮雪水,期盼来年煮雪水茶喝……但是,现在,虽然心底里依旧喜欢这一切,却知道路上的雪必须即时扫去,不然平衡能力差的老人和孩子会摔跤。而扫雪的小时工每小时的收费是十元钱。他们把雪扫在一起,有人会堆出大大小小稚拙可爱的系列雪人供玩儿的人们拍照,不过用一次得交三角钱。一天下来,所得亦不菲。还会有人趁势批发一些简易滑雪板,每卖一副都能挣上三四块。甚至,还可以贮上几大缸的雪水,到第二年春天卖独家经营的特色雪水茶——这个卖茶的人,很可能就是我呢。

世俗吗?

是的。

浪漫吗?

是的。

我承认自己的世俗,一如我肯定着自己的浪漫。正是从这世俗的浪漫和浪漫的世俗中,我懂得了生活的美丽、深情、珍贵和艰辛,懂得了在许多事情上都应当学会既保持对现实世界的正视,也能投入的去享受每一滴的甘醇好酒,包括爱情。——你想时时刻刻地知道我在哪里吗?打我的手机啊。可是手机是用银子买的。还有,每分钟的漫游费你不掏行吗?

与浪漫隔绝是可悲的。把浪漫纯粹是可笑的。浪漫从来就不是一个仙女。她不生活在天界,也不会凌空而落。也许,她更像是你的头发,有时候有碎屑,有灰尘,有时候有丝巾,有礼帽。总之,无论以什么形式展现,它都会以一种飘逸的姿态扎根在你的大脑上。

你的生命如此多情

儿子第一次对自己的性别感兴趣,是在两岁半。

"妈妈,我是个男孩还是个女孩?"他认真地问。

"男孩。"我说,"穿花裙子梳小辫子的是女孩,留短发穿裤子的就是男孩。"一时间,我发现自己其实很难把这个问题讲清,就只好使用最简单的外表区分标准。然后,我问他我是男孩还是个女孩。

"你是个男孩。"他说," 昨天你是女孩。"——昨天我穿着裙子。

"爸爸是女孩。"他继续说。爱人正围着围裙在厨房做饭。

"奶奶是男孩。"——婆婆穿着长裤,超短发。

我明白我这个老师有多么笨了。可我实在不知道该告诉他一个合适的统一的标准。我能给他上一节生理卫生课么?即便我有这样的勇气,只怕他也难懂。

"妈妈,我可以当女孩么?"他开始显示出对女孩的向往,"我也要穿裙子,梳小辫,象莹莹姐姐那样。"莹莹是西邻的小女孩,整天打扮得花枝招展,乖巧可人,大约是儿子心中的偶像。那一天,儿子执拗地缠着我,直到我把一条丝巾束在他的腰上。

上了幼儿园之后,他认识的女孩子骤然增多,审美领域自然也就扩大了不少。起初,为了提高他去幼儿园的积极性,我每天早上都会给他两个巧克力,后来,发展到他要三个、四个,直至五个。

"你是不是送人啊?"我纳闷。

"我给刘一帆、范曾曾和徐好。"

"为什么要给她们啊?"我知道这几个都是女孩。

"她们对我好,我一进屋就对我笑,还给我拉凳子。"他说。

我哑然失笑。儿子已经开始和女孩子交际了么?女孩子喜欢巧克

力的嗜好,他倒是无师自通。——大约因为都是孩子的缘故吧,所以才会这么知己知彼,容易沟通。

我和他同学的妈妈是同事。一次,我们带着孩子在街上见面,大人和大人说话,小孩和小孩说话。忽然听到他们同时喊一个女孩的名字"陈蕾——"一个女孩子在妈妈的后座上坐着,小公主一般对他们不理不睬。

"陈蕾最好了。"同事的孩子犹自在那儿夸着。

"王丹最好。"儿子说。他们顿时争吵起来,不亦乐乎。

最好笑的事情是在一个朋友的婚礼上。儿子看了一会儿漂亮的新娘子,扭头就对我说:"妈妈,也给我娶个媳妇吧。"

众人大笑。

"你太小了,长大才可以娶媳妇。"我说。

"我都不穿开口裤了,我长大了。"他说。给他换掉开口裤的时候我曾经告诉过他这句话。

"你是长大了,可是还有点小,要像那位叔叔一样大才行。"一个朋友在一边说。

"那,就给我娶个小媳妇吧。"儿子说。

大家笑得在床上打滚儿。

"你想娶谁呀?"大家更是起了劲儿逗他。

"娶俺李真。"他说。李真也是他幼儿园的同班同学,一个瘦瘦的黄头发的女孩子。

"为什么要娶她?"

"她可会讲故事了。"

"你要是娶了她,还会对你妈妈好吗?"有人问。

"对妈妈好。"儿子说,"让她也对妈妈好。"

在众人的笑声中,我觉得心中有一块地方悄悄地湿润了。看着儿子光嫩的小脸,那么无邪,那么天真,像是一轮无瑕的满月,在这样的月光下,仿佛所有成人的事情都可以在被他微缩同时进行净化,变成一种玲珑剔透的传说。

儿子的"多情"事件还发生过很多次,每当他有这种表达的时候,我都只是笑。我从不去责备他。我知道,虽然在大家的逗弄中,他的所作所为更像是一种有趣的笑料,但是这毕竟是儿子对性别认识的第一缕晨光。他的"多情"也许根本不对任何女孩子具备意义,但是肯定对他自己具有不可磨灭的色彩。在这种多情中,包含着一个孩子对生命最本真的热爱和对世界最纯洁的情感。尽管他常常会被一些人开成平俗的玩笑,但是在源泉上,它其实是一道虹,拥有的是飞越尘土的美好和轻盈。

这是孩子内心最初的诗。

当然,我知道,他很快就会忘记这些事,忘记这些诗。所以,我替他记录了下来,在童言无忌中,品味着一个孩子成长的快乐和神奇。

走过天桥

上班的路上,有一座天桥。每当路过天桥的时候,我就喜欢默默地在天桥中间站上一会儿。

看着滚滚的车流和脉脉的人流,总是觉得自己突然间就有了那样一种高远而明朗的情思,仿佛在一刹那中便抵达了平日里苦苦追寻也不能拥有的灵魂超越。

其实天桥只是天桥。我知道,我从地面一步步的走上它的终端,走上他跨越红尘的安恬稳健亦不乏浪漫的脊梁。这时候,在我特意的关于生命历程的想象中,他便成了一条笔直的彩虹之路。

于是,我开始拥有了第一份工作,我开始萌发第一次爱情,我开始面临第一次永别,我开始品尝第一次成功……如同一切美丽、平凡而

令人投入的开始。那时的我，正宛如站在天桥上，以为天桥就是以后要走的路。以为以后要走的路就和天桥一样流畅，顺达，不争不挤，无牵无挂。即便是痛苦，也不会超出想象里的深沉、博大和意味无穷的辽远……总之，一切都会有它自身的高度。尽管高不过九重天，但是总会高出我们日日行走的地面。

那时，我不懂：桥只是桥。桥只是人们为了更好更快的走路而设置的一段路的精华。然而，无论桥多么精华，桥永远也是和桥一样短暂，路也永远是和路一样漫长。更确切地说，桥更像是我们的一种理想。人生枯燥而艰难的旅程中，我们在不经意间往往会走到这样一种理想之境。此境的我们身心透彻，轻松自如，指点江山，眼景如画。于是，在潜意识里我们就会渴望这是全部——甚至就认为她已经成为了全部。

但是，我们终得从桥上走下，没有终生立于桥上的人。我们从桥的这一端走向桥的那一端，走向大千世界里太多太多的两岸。我们就是如此这般的在其中洄来渡去，奔波忙碌，让无形的河流一段一段的冲击掉我们的如歌年华和黄金岁月。

这是我们的必然。

人在桥上走，桥走人不走。水从桥下过，桥流水不流。这几句话似乎是佛家的偈。我用自己肤浅的眼睛掀开了偈的一角，对许多事情似乎有了一些自己的明白：人是人，水是水，而桥，却是人和水的幻灯片。桥之所以为桥，也许只是为了让我们以一种美好的方式和状态离开地面，之后，再以一种更美好的方式和状态返回。

这就是桥的意义吗？

我问着自己，却没有回答。我知道有太多太多的问题，永远永远只可以去感受。永远永远也不可以去回答。

仙女换来

"姑姑,我的头发怎么办才好? 烟花烫? 空心烫? 魔鬼烫? 离子烫? 还是锡纸烫?"十八岁的侄女站在镜前,真挚地叹息着自己的绸缎一样的头发,"这么多,这么厚。怎么做都不好看,傻死了。"

傻死了,她真的傻死了。我只微笑。这是青春才会有的忧愁吧? 时至我这般年龄的女人,每一根黑发掉下都只会心悸,心疼,仿佛年华挥手时轻轻的一击,恨不得用生发膏萌发散之类将它就地抹生。侄女的惆怅之于我,似乎是一种反讽。如果以现在的智慧重返过去的时光,相信每个女人都会惊喜地高扬素面。——只要经历过,就会明白:即使是最无头无脑的青春,也都有着不可质疑的美。

这是常识。

但往往无数人都会踩着常识执迷不悟。十年前,我二十三岁,年华如玉肤如雪,却不能忍受地暗暗嫌弃着自己,觉得自己腰太粗脖太短手太肥脚太宽……这些写到文章里又不免太伤自尊,于是反其道而行之,自己为自己打气:"我很清贫,但我的内心充实而富有;我是布衣,但我的额头上有精神贵族的标志;我没有显赫的地位,但我的灵魂居住在某些堂而皇之人的头顶。我不平庸,不轻浮,不粗俗,不低能。而且说这些话时,我不狂妄,所以,我也美丽。只是从某种意义上讲,我的美丽如同安徒生童话中那件皇帝的新装,只有一些特别的眼睛才有智慧看到它。"

这篇为自己严正声明的文章,名叫《我也美丽》。

十年过去,初历沧桑。回顾这般单纯可爱的句子,不由感慨。现在用不着这样流畅的排比来为自己平淡的五官打气了,一切如水,自然呈现。当然,既是女人,免不了还要为衣柜里每季必少的添置发愁,被

减肥、美白、补水、发型等问题困扰，亦会偶尔情动、偶尔迷失、偶尔涌现琐碎思绪搅乱了黑夜与清晨，但这些都如小溪汇入到江河，浪花尽有，却已沉着。每逢上街，满眼的妩媚少女擦肩而过，虽觉得天地清明，人人皆美，却也并不羡慕。因为自己也曾拥有，而她们，也必会失去。女人的青春固然无价，但必须是在会用的人面前，不然青春便一文不值，一道生命的程序而已。

能把自己区别出这道程序的标尺只有一个：含金量。

不禁得意于自己十年前频频使过的宏大词语依然是最合适的：内心，精神，灵魂。对一个人来说，没有比这些更重要的了。而对一个以美丽为终生职责的女人来说，没有比这些更能长久地镀亮我们的姓名了。——想来自己之所以坦然，就是因为，这么多年走来，对岁月，没有辜负。同时也发现，没有辜负岁月的女人很多，无数家庭，无数角落，各行各业，草边路旁，几乎是处处可见。她们不露声色却又淋漓尽致地把女人的美演绎到另一种广度、厚度和高度。她们走在人群中，宽阔善良，从容淳朴，目光明澈，脚步平安。

"你这个仙女换来的丑孩子！"《简·爱》中，罗彻斯特对简·爱如是说。这句话让我喜欢极了，仿佛它也是为我而来，让我替自己找到了具有仙女基因的理由。与此同时，我还深信，其实很多看似平淡的女人都是仙女换来，她们在尘世中之所以有着不同的容颜和神情，只是因为，仙女们被上帝送到人间之前，也都不太一样。